edition lex liszt 12

Erste Auflage 2023

Raingasse 9b, A-7400 Oberwart, Austria
Tel. +43(0)3352/33940, Fax +43(0)3352/34685
info@lexliszt12.at, www.lexliszt12.at
ISBN: 978-3-99016-245-3

Verlagsleitung: Horst Horvath
Lektorat: Michaela Kuich
Coverbild: Daniel Rojatz
Layout und Gestaltung: K. Guttmann
Druck: Der Schmidbauer, Oberwart

Gedruckt mit Unterstützung von:

Kulturland Burgenland

Bundesministerium
Kunst, Kultur,
öffentlicher Dienst und Sport

Die edition lex liszt 12 wird im Rahmen der Kunstförderung des Bundesministeriums für Kunst, Kultur, öffentlichen Dienst und Sport sowie durch das Land Burgenland unterstützt.

Thomas Hofer

Shit, Oida!

Erlebtes und Erlittenes aus den 80ern

edition lex liszt 12

Allen:

Pizzagesichtern
Glatzentigern
Pausenkätschern
Bandenchefs
Skikurs-Schmusern
Sportwochen-Knutschern
Wandertags-Romantikern
Schulbus-Stinkern
Unschuldslämmern
Autodrom-Profis
BMX-Fahrern
Klassenbeauties
Kammerzofen
Judokas
Karategas
Hobbykickern
Vollprolos
Mattenträgern
Drei-Wetter-Taft-Sprühern
Stehfrisur-Exzentrikern
Blasmusikanten
Jugendfeuerwehrgern
Kirchenblattl-Austrägern
Krampusschreckern
Schwitzbandl-Snipern
Zisch-frisch-Keli-Trinkern
Espandrillo-Zirflern
Neonfans

Flinserl-Trägern
Kraftbandl-Prolos
Fuchsschwanz-Exhibitionisten
Tagada-Sheriffs
Schulbuffet-Bullies
Gangdienstlern
Schulsprechern
Klassenordnern
Schnürlsamt-Heinzis
Leberpasteten-Geschädigten
Vanillemilch-Opfern
Fünferkandidaten
Nachzipflern
Pattex-Connoisseuren
Uhu-Gourmets
Schaufel-Allergikern
C-Klasslern
Sharon-Stone-Groupies
Kim-Basinger-Fanboys
Knight-Rider-Schultaschen-Rockern
Knight-Rider-Federschachtel-Fetischisten
Radiergummi-Bibern
Tintenkiller-Nagern
Watschengesichtern
Klettverschluss-Invaliden
Lignano-Bekennern
Pommes-frites-Automaten-Plünderern
Grillhendl-Verhaftern
Zeltfest-Gästen
Eislaufplatz-Legenden
Freibad-Helden
Kantinen-Königen
Jolly-Schleckern

Calippo-Schlürfern
Twinni-Beißern
Tutti-Frutti-Narren
Fizzy-Cola-Junkies
Rumkugel-Knackern
Doppler-Vernichtern
Achterl-Aposteln
Vierterl-Fürsten
Stamperl-Kaisern
Ybbs-Lesern
Urzeitkrebse-Züchtern
Hinterrad-Prolos
Bremsspuren-Artists
Nasch- und Fernsehverbots-Erduldern
Nägelbeißern
Nasenbohrern
Rotzern
Schlatzern
Commodore-/Amiga-/Nintendo-Zockern
Tric-o-Tronic-Rekordhaltern
Walkman-Lauschern
Stereoanlagen-Peglern
Equalizer-Forschern
Kinderwurlitzer-Schauern
Quaxi-Fans
Enrico-Freunden

Ohne euch wären die 80er auch nur
irgendein Jahrzehnt gewesen!

Inhaltsverzeichnis

Oida, gib da des Vorwort!

Die Gnade der Geburt ist mir zuteilgeworden im Krankenhaus der Barmherzigen Brüder. Ein schöner erster Satz, oder? Und gleichzeitig auch die reinste Übertreibung, obwohl jedes einzelne Wort darin stimmt. Ich hätte ja auch etwas schreiben können in Richtung: Ich bin in Eisenstadt geboren. Würde genauso stimmen, kommt aber gleich ganz anders daher. Nüchterner. Sachlicher. Und das würde so gar nicht zu der Zeit passen, von der ich ein bisschen was erzählen möchte. In dieser Zeit war nämlich rein gar nichts nüchtern und sachlich. Im Gegenteil: Es war alles so richtig übertrieben.

Abgespielt hat sich das Ganze 1978, also die Gnade meiner Geburt. Ich habe dann noch zwei Jahre in den Siebzigern verlebt, bevor die ersten Erinnerungen einsetzen, und zwar gleich mit meinem ersten Trauma. Sie muss nur schnell einen Brief aufgeben, hat die Mama geschwindelt, obwohl weit und breit kein Brief zu sehen war und sie nichts anderes mitgehabt hat wie mich. Wenn die Mama damals gewusst hätte, was ihr sogenannter „Brief" für einen Krawall schlagen kann, hätte sie mich wahrscheinlich gleich bei der Post aufgegeben und nicht persönlich zugestellt. Aber sie hat mich halt nicht hergeben wollen, an meinem ersten Tag im Kindergarten. Die Kindergartentante war auch leicht überfordert, sie hat die Hände nach mir ausgestreckt wie nach einer tickenden Bombe. Das war Anfang der 80er-Jahre und im Nachhinein betrachtet war es ein würdiger

Einstieg in ein Jahrzehnt, das mit Übertreibungen nicht gegeizt hat.

Aber was war denn nun eigentlich so übertrieben an den 80ern, könnte man jetzt zu Recht fragen. Ganz einfach: alles. Und damit meine ich nicht die modischen Sünden und musikalischen Verfehlungen, die man dieser Periode gerne – zu Unrecht – andichtet. Nein, die Rede ist von den vielen kleinen Details, die sich vor unser aller Augen abgespielt haben, ohne dass sich irgendwer gedacht hätte: „Das ist jetzt aber schon ein bisserl übertrieben." Und warum auch? Es hat ja niemand einen Schaden gehabt davon. Von den Leberkässemmeln von der Frau Morawitz zum Beispiel, die man nicht essen hat können, ohne dass man sich den Kiefer ausrenkt dabei. Oder dem Vokuhila vom Schulkollegen, der sich hinten aufgerollt hat wie die Bergisel-Schanze und der auch ohne Drei Wetter Taft derart kräftig war, dass in seinem Giftschippel sogar ein Pferdeapfel noch Halt gefunden hat.[1]

Ein Zeitreisender aus den 80ern, wenn der heute in der Gegenwart landen würde, täte er wahrscheinlich sofort wieder in seine tiefergelegte Zeitmaschine hüpfen und abrauschen Richtung Lebensfreude. Und wenn er bleiben würde, dann nur, um mit dem Fuchsschweif auf seiner Antenne ein bisschen anzugeben und uns mit ein paar Schweizerkrachern endgültig die Flausen auszutreiben. Ich kann mir nämlich nicht vorstellen, dass so ein Mensch aus den 80ern auf einmal anfängt zum Kalorien zählen bei seiner Leberkässemmel, da würde er nämlich bei der Frau Morawitz mit dem Zählen nicht fertig werden, Taschenrechneruhr hin oder her.

Ich habe die 80er in einem kleinen Dorf im nördlichen Burgenland erlebt, und in der dazugehörigen Bezirkshauptstadt. Auf dem Land war es noch einmal etwas anderes, es hat ja hier alles mehr Platz gehabt, um seine Wirkung zu entfalten. Wenn man durch die Brücke vor unserem Dorf durchgefahren ist, hat man am Brückenpfeiler groß den Schriftzug „W.A.S.P." lesen können, was für „We Are Sexual Perverts" steht. Jetzt werdets ihr euch sicher denken: Das ist jetzt aber schon ein bisserl übertrieben, dass die ihre sexuelle Entartung gleich an einen Brückenpfeiler sprühen, wo es dann jeder lesen kann. Aber mit den Sexual Perverts waren ja nicht wir selber gemeint, sondern eine äußerst erfolgreiche Metal-Band aus den 80ern, die ein begeisterter Fan als Graffiti auf unserem Brückenpfeiler verewigt hat.[2] Immer wenn wir mit dem Auto vorbeigefahren sind, habe ich am Rücksitz laut gesagt: „Wasp!" Dabei habe ich extra viel Pathos in meine Stimme gelegt, „Wwwaaasp!"[3], weil einerseits Graffitis cool waren und man coole Sachen nicht einfach normal aussprechen darf, und weil ich andererseits meine Eltern gern sekkiert habe, die im richtigen Leben Pathos nicht so gut ausgehalten haben, wie z. B. in den Dornenvögeln.
„Hör auf, so deppert zum tun!", hat es dann immer geheißen.

Das „W.A.S.P."-Graffiti fällt mir immer als Erstes ein, wenn ich an die 80er denke. Warum, weiß ich nicht genau. Es war jedenfalls übertrieben groß und extrem stillos. Dem Sprüher ist es nur darum gegangen, dass „W.A.S.P." auf unserer Brücke steht.[4] Wie es ausgeschaut hat, war ihm dann schon wieder wurscht. Insgeheim träume ich davon, dass dieses Graffiti irgendwann einmal restauriert wird, dass der Gemeinderat hergeht und ausnahmsweise etwas Sinnvolles beschließt, indem er z. B. einen Experten bestellt, der dann Schicht für Schicht abträgt, bis unter dem tristen Grau der letzten Jahrzehnte wieder der coole Schriftzug erstrahlt. Dann würde ich mit meinem Golf tausendmal am Tag daran vorbeifahren und jedes Mal mit Pathosstimme „Wwwaaasp!" sagen.

1 Wir haben das bei einer Geburtstagsfeier ausgetestet: Während unser Haberer sich gerade über die aufgeplatzten Frankfurter hergemacht hat, haben wir vom Pferdestall einen frischen Kotapfel geholt und ihn vorsichtig in die aufgeringelte Matte gelegt. Und er hat wirklich gehalten. Unser Haberer ist ein ziemlicher Gierschlauch gewesen und von daher so mit dem Würstelverdrücken beschäftigt, dass er das Zusatzgewicht am Nackenspoiler gar nicht bemerkt hat. Wir haben uns abgepeckt bis zum Gehtnichtmehr und wenn wir heute beieinandersitzen, erzählen wir uns immer noch gerne die feine Geschichte vom Vokuhila und dem Pferdeapfel.
2 Ich habe da so einen Verdacht, den ich aber bitteschön hier nicht äußern werde. Sollte ich nämlich recht haben, könnte ich mir gleich die Kugel geben, weil nämlich der Verdächtige heute noch eine ziemlich harte Sau ist und ich nicht unbedingt herausfinden will, ob ihm seine Hand immer noch so leicht ausrutscht wie damals.
3 Man kann sich das ca. so vorstellen, wie der He-Man (oder eigentlich der Prince Adam) immer gesagt hat: „Bei der Macht von Grayskull, ich habe die Kraft!" Ähnlich pathosgeladen habe ich einzelne wichtige Wörter ausgesprochen, wie z. B. Rambo, Conan oder eben W.A.S.P. Durch diese Aussprache ist etwas von der Magie und Kraft dieser Wörter auf mich übergegangen. So habe ich mir das zumindest vorgestellt.
4 Heute sprüht niemand mehr den Namen seiner Lieblingsband auf einen Brückenpfeiler. Eigentlich bin ich aber eh froh darüber, weil ich nicht „Justin Bieber" oder „Ed Sheeran" lesen möchte, wenn ich in mein Dorf hineinfahre. Da bleibt mir gleich die Pathosstimme weg. Das weltbeste Graffiti habe ich übrigens im Hafen von Triest gesehen, wo in roter Schrift gestanden ist: ALLESSANDRO IS OK ARCHITECT. Muss auch einmal gesagt werden.

Telefonieren in den 80ern

– Grüß Gott, do spricht da Thomas, könnt i bitte in Michael sprechen?
– Michaeeel!
– Jo?
– D'ere! Treff ma si?
– Na, i muaß Kirchnblattl austrogn.
– Scho wieder? Du woast jo erscht.
– Jo, vorige Wochn. Geh hoid mit.
– Na, do kenn i niemanden. Wos mochst nochher?
– Waaß i no ned. I hob ma gestern is neiche Asterixheftl kaft.
– Echt? Wiavü hods kost?
– 49 Schilling. Wia immer.
– Is laiwond?
– I hob erscht die erschtn zwa Seitn glesn.
– Und, laiwond?
– Jo.
– Borgst mas, wennsd fertig bist?
– I borg's scho in Fritz.
– Seit waunn lest da Fritz Asterix-Heftl?
– Waaß i ned.
– Hod der iwahaupt wöche?
– Waaß i ned, i glaub scho.
– Na guad, d'ere.
– D'ere.

30 min später.

– Grüß Gott, do spricht da Thomas, könnt i bitte in Michael sprechen?
– Michaeel!!
– Jo?
– Woun geh ma wieder Tischtennis spün?
– Waaß i ned. Woun i ned Kirchnblattl austrogn muaß.
– Moagn?
– Moagn is Schülerliga. Geh hoid mit!
– Na, i deaf ned. Mei Mama wü ned, dass i Fuaßboi spü.
– Warum?
– Waaß i ned.
– I muaß jetzt Kirchnblattl austrogn.
– D'ere.

2 min später.

– Grüß Gott, do spricht da Thomas, könnt i bitte in Michael sprechen?
– Michael!!!
– Jo?
– Borgst ma is Asterixheftl, waunnsd Kirchenblattl austrogn bist?
– Des hod jetzt mei Bruada.
– Da Joschi? Wieso, der hod jo eh an Commodore!
– Er hod sis afoch gnumman.
– Oida, i borg dir a imma die Gespenster-Heftl!
– Er hod sis afoch gnumman, wos sui i mochn.
– Jo owa er hod jo eh an Commodore! Na oida ... D'ere.
– D'ere.

1 Stunde später.

– Grüß Gott, do spricht da …
– Der is Kirchnblattl austrogn.
– Waunn kummt er denn wieder?
– Waaß i ned. Sui er di zruckruafm?
– Jo, bitte! Fiederhören!

2 Stunden später.

– Grüß Go…
– Michl!!!!
– Jo?
– D'ere! Wos mochst?
– Waaß i no ned, bin grod vom Kirchnblattl austrogn zruckkumman.
– Treff ma si?
– Waunn?
– Jetzt?
– Ok.
– Ok, i hui di o. D'ere!

Schweizerwerfen

„Da unten verbrennt der Krampus die Kinder“, hat der Papa damals gesagt und auf einen Granattrichter aus dem Krieg gezeigt, die es bei uns im Wald vielerorts gegeben hat. Ich bin noch klein gewesen und habe mich bis aufs Kreuz hinauf angeschissen. Jetzt schnalzt uns der Gehörnte schon mit der Rute, legt uns Ketten an und schmeißt uns in die Buckelkraxe, und dann verbrennt er uns auch noch in einer Grube im Wald? Das musst du einmal derblasen als ein Bub, der im Micky-Maus-Heft gleich weiterblättert, wenn der Kater Karlo kommt. Gott sei Dank hat der Krampus aber nur einmal im Jahr vorbeigeschaut und man hat sich mit ein paar Mutproben darauf vorbereiten können. Traust dir nie: dem Uwe die Luft auslassen. Traust dir nie: dem Baz in die Schuhe brunzen. Anfang Dezember haben mich dann die Eltern vor die Wahl gestellt: entweder ein Auto für die Carrera-Bahn oder ein Rambomesser. Ich kann es mir aussuchen und der Nikolaus bringt es dann vielleicht. Mein Rambomesser – Marke: Marco Polo – hat dann den Anfang vom Ende markiert für den Krampus. Kompass, Morsealphabet, Zündhölzer, Angelhaken, Schleifstein, Sägezähne. Ich habe schon gesehen, wie ich mir den Zottelbären herfange und ihm eine gewisse Suggestivfrage stelle: „Wos is’n leicht?“

Der Krampus ist damals noch der Wieser-Opa gewesen, der mit dem Hirschgeweih aus dem Vorraum jedes Jahr pünktlich am fünften Dezember ans Küchenfenster gebumpert und dazu mit den rostigen Schneeketten vom Traktor gerasselt hat. Wahrscheinlich werden ihm meine Eltern irgendwann gesteckt haben, dass ich neuerdings mit dem Rambomesser schlafen gehe und dass er ja aufpassen soll, nicht, dass da was passiert. Das Geweih im Vorraum ist dann jedenfalls nie mehr schief gehängt und der Krampus hat sich auch nicht mehr blicken lassen. Da sind mir gleich ein paar Haare auf der Brust gewachsen und ich habe beschlossen, dass ich den Gehörnten überhaupt gleich ganz liquidiere. Im Rahmen einer von mir organisierten großangelegten Treibjagd hätte der unliebsame Pferdefuß aufgescheucht und ihm dann der Garaus gemacht werden sollen. Aber jetzt finde einmal wer ein paar Gleichaltrige, die dir im Finsteren den Krampus aus dem Unterholz aufscheuchen. Über meinen diesbezüglichen Anstrengungen sind die Jahre ins Land gezogen und mein Rambomesser hat einen Rost angesetzt. Und weil ich eh schon alt genug dafür war, habe ich mir gleich mein erstes Hunderterpackerl Schweizer gekauft.

Meine Feuertaufe habe ich aber vorher noch mit den Minikrachern gehabt. Ich muss sagen, ich war kein Fan von der Fraktion, die immer gleich den ganzen Munitionsgürtel verblasen hat. Ich bin ja auch nicht hergegangen und habe mir gleich das ganze Tutti-Frutti-Packerl in den Mund geschüttet und von dem her habe ich auch meine Minikracher einzeln und gezielt verbraucht, für Sabotage-Aktionen im Kleinstrahmen. Stichwort: Auspuffbombe. Ganz ausgelassen habe ich hingegen die Vorstufe mit den Knallfröschen, weil ich das für eine komplette Kindergartenaktion halte und bis heute nicht verstehe, worum es da eigentlich geht.

Gegen den Knall von so einem Frosch, wenn man ihn zum Beispiel einer alten Frau vor die Füße geschmissen hat, ist die Knallgasprobe im Chemieunterricht direkt eine Detonation atomaren Ausmaßes gewesen. Insgesamt war das eine ziemliche Farce, wenn man mich fragt. Die Minikracher haben immerhin eine Lunte gehabt und mit ein bisschen Fantasie hat man sich kleine Dynamitstangerl vorstellen können.

Jetzt ist es aber irgendwann beim Krampusschrecken schon nicht mehr um den Krampus gegangen, wenn wir uns ehrlich sind. Ordentlich aufmagaziniert ist man in die Nacht hinausmarschiert, um sich in der Anarchie des fünften Dezembers als ein besonders wilder Hund hervorzutun und sich durch hochfrequentes Schweizerwerfen oder gesprengte Briefkastl das andere Geschlecht gewogen zu machen. Den wenigen Gruppen von Mädchen, denen man hier und da auch begegnet ist, hat man schon von weitem angemerkt, dass sie das Krampusschrecken nicht erfunden haben – wenn schon einmal wer einen Schweizer hält wie ein zu heißes Pommes frites aus dem Badrestaurant ... Und dann sind „zufällig" wir dahergekommen und haben Böller gestreut wie eine Bäuerin das Hendlfutter. So haben wir deutliche Signale gesendet in Richtung dass wir uns gar nichts scheißen und sie ruhig in unserer Nähe bleiben können, wenn die Nacht vielleicht eine Spur zu finster wird. Ein paar haben es dann natürlich wieder übertreiben müssen – Hauptsache den Kracher möglichst lang in der Hand halten und sich im pubertären Hormonrausch vorstellen, wie sie die Pichler Margot abschmusen und heiraten. Bis dann auf einmal der Traum zerplatzt ist und die Gemeindehackler am nächsten Tag den Ringfinger mitsamt den restlichen Fingern der vermeintlichen „Trauhand“ auf die Mistschaufel gekehrt haben. Die Zeitungen waren voll von diesen Verstümmelungen. Einmal soll einem Steirer sogar ein Böller in der Unterhose explodiert sein, in unmittelbarer Anusnähe. Da hat es dann gleich eine andere Bedeutung, wenn es so schön heißt: Der hat zum Krampus die Hosen voll gehabt.

Das Krampusschrecken ist aber meistens mehr oder weniger glimpflich verlaufen. Maximal dass dich ein paar Ältere um deine Schweizer erleichtert haben oder vielleicht sogar die Kiberer. Die waren zum Krampus immer besonders happig und haben sich mit dem Dienstwagen eingeschliffen, als würden sie gerade eine Bande Schwerstverbrecher derklatschen. Vermöbelt ist hier und da auch wer geworden, selbstverständlich, weil natürlich die Schläger aus dem Ort den fünften Dezember als willkommenen Anlass genommen haben. Aber das hat ganz einfach dazugehört und hat ja auch den Charme ausgemacht von dieser Nacht, dass du ganz genau gewusst hast, dass dich nicht erst der Krampus erwischen muss, dass du verstümmelt und misshandelt nach Hause kommst.

Alte Frauen

Schmied-Res, Schnöma, die Poschin. Heute noch verpickt es mir gleich den Mund, wenn ich diese Namen ausspreche, und ich schmecke die Zuckerl, die mir aus faltigen Händen verabreicht worden sind. Manchmal ist auch ein Stückerl Bonbonniere dabei gewesen, das hat man aber genauso lutschen müssen, weil die zartbittere Schokolade mittlerweile hartbitter geworden ist. Kleine Geschenke erhalten die Freundschaft, wie es so schön heißt. Aber genau genommen waren wir gar keine Freunde, die alten Frauen und ich. Sie haben mir davon zu essen gegeben, wovon sie sich selber ernährt haben, und so hat die Clique rund um meine Uroma mir zu verstehen gegeben: Jetzt bist du einer von uns.

Ich war aber nicht lange einer von den alten Frauen. Mein sechs Jahre jüngerer Bruder ist schon bald nachgerückt und der hat dann wirklich eine Verwandlung durchgemacht. Am Ende hat er sich als ein Musterbeispiel einer alten Frau entpuppt: Nach der Schule ist er – so schnell hast du gar nicht schauen können – in die Mansarde hinauf, wo schon die Uroma und ihre Freundinnen gewartet haben. Mit der Schmied-Res, der Schnöma und der Poschin hat er dann Jolly gespielt, Bonanza für Schwerhörige geschaut und wahrscheinlich hat er auch den Eierlikör aus der Kredenz geholt, damit sich niemand aufplagen hat müssen. Aufgepasst hat er wie ein Haftelmacher, wie ein Schwamm hat er alles aufgesaugt: die Mimik, die Gestik und jeden einzelnen

Spleen von den alten Frauen. Wie er dann einmal beim Hausübungmachen seine Brille nicht findet, kommt er zu mir ins Zimmer: ob ich vielleicht irgendwo seine „Augengläser“ gesehen habe und dass er sich schon recht aufs „Brausen“ freut, weil er im Turnen ordentlich geschwitzt hat. So schnottert doch kein Sechsjähriger! Mein kleiner Bruder war ein Pensionist im Körper eines Volksschülers, der mit dem Kopf gewackelt und sich ständig geräuspert hat. Und weil er auch Ministrant gewesen ist, hat er in seinen jungen Jahren schon viele seiner lieben Mansarden-Freundinnen beerdigen müssen.

Ich habe mir ganz gern den Spaß gemacht und bin in die Mansarde hinaufgeschlichen, die Uroma ausspionieren. Sie hat mich ja nur sehen können, wenn ich mich genau vor ihr hingepflanzt und mit den Händen gewachelt habe. Meistens ist sie vorm Fernseher gesessen und hat Erdäpfeln geschält oder Kreuzworträtsel gelöst. Die Uroma hat einen Schreibtischsessel als quasi Basislager gehabt, wie die Oma auch. Über der Rückenlehne ist ein weißes Schaffell gehängt und auf der Sitzfläche ist ein Polster gelegen mit Strickbezug. Die Sessel haben ausgeschaut wie die Requisiten einer finnischen Song-Contest-Delegation, ich habe mich da einmal hineingesetzt und mir ist schon nach ein paar Minuten das Wasser heruntergeronnen. Wie ich mich wieder einmal angeschlichen habe, sehe ich, dass die Uroma gerade vorm Spiegel sitzt. Sie hat sich die grauen Haare aufgemacht und die Brille weggelegt und ich habe mich direkt geschreckt, weil das Haarknäuel, das sie immer am Hinterkopf gehabt hat, gar nicht ihr eigenes war, sondern nur eine – wie sagt man – Prothese? Auf einmal ist da ein ganz anderer Mensch vor mir gesessen, mit kleinen Augen und schütteren Haaren. Ich habe mich dann gleich revanchiert und die Uroma auch geschreckt und mich direkt wundern müssen: Für eine über 80-Jährige hat sie noch eine ganz passable Sprungkraft gehabt.

Manchmal hat sie vom Krieg erzählt, und wenn dann die Fenster offen waren und der Vorhang leicht gebauscht hat, ist ein bisserl was hereingeweht aus dieser Zeit. Zum Geburtstag habe ich mir von der Uroma ganz eigene Sachen gewünscht, solche, die in ihre Zeit gepasst hätten, Hosenträger vom Jahrmarkt zum Beispiel, oder eine Thermosflasche vom Waffen Penzes. Ich habe sie auch gefragt, wo sie das Haarknäuel hergehabt hat, dann hätte ich gleich was für meinen Bruder zum Geburtstag gehabt.

Wenn wir gemeinsam unterwegs waren, zum Beispiel in Richtung Morawitz-Fleischhacker um einen Leberkäs, haben sich unsere Wege oft mit anderen alten Frauen gekreuzt, die ich jetzt nicht gekannt habe wie die Schnöma, die Schmied-Res oder die Poschin, aber sie haben sich trotzdem gegrüßt, die Uroma und diese anderen alten Frauen, wie Biker oder Trucker, die auch immer lässig einen Finger abspreizen, wenn sie ihresgleichen begegnen. Und ein kurzes Plauscherl hat auch immer sein müssen. Jetzt waren das aber keine Gespräche im eigentlichen Sinn, also kein Informationsaustausch, sondern kurze Rückversicherungen. Zum Beispiel hat die eine alte Frau zur Uroma gesagt „Nau, geht's a wieder a Runde?", und die Uroma hat dann darauf geantwortet „Tuast leicht wieder Unkraut zupfen?", als ob erst eine positive Antwort das offensichtliche Geschehen zur

Realität gemacht hätte. Bei meiner Uroma war das aber nicht nur außer Haus so, das ist daheim so weitergegangen, dass sie sich ihr Leben quasi selbst erzählt hat, als Bestätigung, dass es eh noch stattfindet: „Ah, jetzt steh i auf, jetzt geh i in die Kuchl und moch mir an Kaffee, auwehoweh“ – während sie genau das getan hat, in genau dieser Reihenfolge: aufstehen, in die Küche gehen, Kaffee machen. Jeder Tag war eine Live-Schaltung aus dem eigenen Leben, ein Liveticker mit Audiodeskription: „Jetzt drah i mir Bonanza auf und setz mi wieder nieder, auwehoweh, jetzt sitz i do.“ Gut möglich, dass ich mich jetzt weit aus dem Fenster lehne, aber genauso gut möglich, dass – wie ich glaube – alte Frauen in Wirklichkeit gar nicht miteinander reden, sondern jede für sich das auskommentiert, was sich gerade vor ihrer Brille abspielt.

Im Haus von der Oma waren die Türen immer offen. Tatsächlich genauso wie sprichwörtlich. Den ganzen Tag über hat es alte Frauen von der Straße hereingeweht, eine nach der anderen sind sie die Stiegen hinauf und noch bevor sie drinnen wer gesehen hat, hat man draußen schon gehört: „Jetzt geh i die Stiagn zur Hildegard auffe, auwehoweh, jetzt bin i glei oben, wart nur, glei homas, glei bin i drin, auwehoweh, grüßgott, neamd daham, auwehoweh.“ Die alten Frauen waren wie Hummeln, und so habe ich sie insgeheim auch genannt – Hummeln – weil sie im Vorraum gern ein paar Runden gedreht haben und auch überall angetuscht sind, bevor es sie dann zur Küchentür hereingewandelt hat. Manchmal, wenn die Oma grad am Klo gewesen und eine Hummel hereingeschwirrt ist, habe ich mich schnell unterm Tisch versteckt und geschaut, was passiert. Die Hummel ist dann kreuz und quer durchs Zimmer geschwirrt, in jeden freien Raum hinein, während sie irgendwas dahergebrummt hat, ich habe aber nur einzelne Wörter aufgeschnappt wie „Öha“, „Jessasmaria“ und „Herrschoftszeiten“. Manchmal ist eine Hummel auf der Marmelade vom Spitzbuben-Blech picken geblieben, das habe ich unterm Tisch zwar nicht gesehen, dafür aber umso deutlicher gehört, wenn sie geprackt hat wie nur. Ein anderes Mal wieder hat sich die Hummel auch ganz keck hingesetzt, auf den Fellsessel von der Oma oder auf den Fernsehsessel vom Opa, und so getan, als ob sie jetzt da wohnen würde und das ihr Haus wäre, bis dann die Oma vom Klo zurückgekommen ist und die Illusion zerstört hat. Zur Eingangstür herein und zur Terrassentür wieder hinaus – die Hummeln sind einfach durchgekrabbelt und die Oma hat das oft nicht einmal bemerkt, weil sie dem Opa gerade sein Kaiserfleisch gerichtet hat. Dann hat sie sich umgedreht und gefragt, „Woa des hiaz die Schmied-Res?“, weil sie sich nicht hundertprozentig sicher gewesen ist, weil gehört hat sie ja was, aber nichts gesehen, weil sie ja dem Opa grad sein Kaiserfleisch gerichtet hat.

Mit dem Opa haben die alten Frauen getan wie mit einem Hund, wenn sie zur Tür herein sind und er gerade in seinem Fernsehsessel ein Formel-1-Rennen geschaut hat: „Do schau her, wer do is!“ Fast hätte man glauben können, dass die den Opa nicht richtig ernst nehmen. Aber sie waren es halt nicht gewohnt, dass er bei ihrem Besuch in der ersten Reihe briascht. Damals ist er noch nicht in der Pension gewesen und von dem her selten zuhause, wenn die Hummeln ausgeschwirrt sind. Der Opa hat dann nie so recht gewusst, was er drauf sagen soll, und was hätte er denn wirklich sagen sollen? Jetzt hat er halt meistens den Heinz Prüller lauter gedreht und den reden lassen oder es ist ihm auf einmal eingefallen, dass sie in der BauWelt Koch gerade ein Werkzeug in Aktion haben …

Schulwandertag

Wenn in der Schule die Streber aus der ersten Reihe und die Warriors aus der letzten gleichzeitig aufgezeigt haben, dann hat das nur eines bedeuten können: Wandertag. Die Abstimmung über das Ausflugsziel war eines der wenigen demokratischen Mittel, die in den Wirren der Pubertierenden-Revolution tatsächlich noch gegriffen haben. Dabei war es der Job vom Klassenvorstand, der Meute Vorschläge zu unterbreiten, die im Optimalfall drei Kriterien erfüllt haben: was Spannendes, was zum Spielen – und Alkohol.

Im Gymnasium Mattersburg haben ausnahmslos alle Schüler, egal welchen Alters und Geschlechts, immer und zu jeder Jahreszeit am Wandertag in die Therme Loipersdorf fahren wollen. Und zwar mit einer Vehemenz, dass eine Absage seitens des Lehrkörpers einen sofortigen Boykott der Unterrichtseinheit nach sich gezogen hätte. Und logisch: Der Pubertierende will Haut sehen – und wenn er dafür den beschwerlichen Weg in die steirische Thermenregion auf sich nehmen muss. Auf einer dieser Fahrten haben sich einmal der Fleischhackerbub und der Arztsohn zusammengetan und am Rosenberger-Häusl Geld in einen Automaten geworfen. Wie zwei Pioniere, die gerade das Rad neu erfunden haben, haben sie der staunenden Fangemeinde stolz einen aufgeblasenen Olla präsentiert, den die weniger Versierten unter uns noch für einen harmlosen Luftballon gehalten haben.

Es haben sich dann schüchterne Konstellationen etabliert im Autobus nach Loipersdorf, wobei man nie nebeneinandersitzen hat dürfen, wenn man verliebt war, sondern immer hintereinander. Der Spalt zwischen den Sitzen hat einen süßen Ausblick gewährt und im Schutze des steirischen Thermalwassers hat dann so manche Balz ihren würdigen Abschluss gefunden.

Bei den Loipersdorf-Fahrten waren wir alle schon in einem Alter, wo es im Autobus nach uns gestunken hat. Ein paar haben zwar schon das Deo entdeckt gehabt, aber die überwiegende Mehrheit hat noch immer sumpfige Feuchtbiotope unter den Achseln gehortet. Und mit unserer fettigen Epidermis haben wir Gesichter auf die Busscheiben gezaubert, wo das Turiner Grabtuch garantiert vor Neid erblasst wäre. Die Abdrücke waren so realistisch, dass der Buschauffeur bei seinem abschließenden Rundgang ganz genau sagen hat können, wer wo gesessen ist.

In der Volksschule sind wir noch unkompliziert gewesen. Da sind wir zum Beispiel zur Burg Forchtenstein hinaufgewandert, haben uns am Parkplatz ein Salzstangerl mit Extrawurst hineingepfiffen und dann sind wir wieder nach Hause gegangen. Highlights waren damals zum Beispiel ein zusammengeführter Frosch auf der Straße, eine Blindschleiche oder wenn es einem von uns schlecht geworden ist – und es ist immer irgendwem schlecht geworden am Wandertag. Mit Autobus oder ohne, ganz egal. Da ist ein Naturgesetz am Walten gewesen, und zwar mit unerbittlicher Präzision: Es haben nämlich ausschließlich Mädchen Kreislaufprobleme gekriegt und die Buben haben sich angespieben. Nie hat es einen

Buben zusammengedreht und nie hat ein Mädchen in ein Feld gebrüllt.
Wenn es einmal nach Regen ausgeschaut hat, na dann sind wir halt auf den Marzer Kogel hinauf und nicht zur Burg Forchtenstein. Das war nicht so weit und zusammenführen hat uns am Kogel auch niemand können.

Ein bisserl waren die Wandertage in der Volksschule auch wie Kino – sobald es losgegangen ist, haben alle das Proviantsackerl aufgerissen. Die Profis sind überhaupt schon fressend zum Treffpunkt gekommen. Mir selbst ist meistens der Flüssigkeitshaushalt zum Verhängnis geworden. Die Mama hat mir immer ein Dreierpackerl Sunkist eingepackt, was umgerechnet wahrscheinlich nicht einmal ein Glas Wasser ist, weil man beim Anstechen gleich die Hälfte verschüttet hat. Aber sie wird sich halt gedacht haben: „Ah, sind eh drei drin, der wird mir schon nicht verdurschten am Marzer Kogel." Erstaunlich eigentlich, dass es mir da nie den Kreislauf zusammengedreht hat ...

Fragt man mich heute, was der weltbeste Wandertag überhaupt war, an dem ich selber teilgenommen habe, muss ich erst gar nicht überlegen: der Ausflug ins Schnapsmuseum nach Kukmirn mit anschließendem Besuch eines Mostheurigen. Ja, richtig gelesen, ich schreib's gern noch einmal: der Ausflug ins Schnapsmuseum nach Kukmirn mit anschließendem Besuch eines Mostheurigen. Die Handelsakademie war insgesamt ein ziemliches Desaster für mich, aber dieser Wandertag hat mir gezeigt, dass es trotzdem die richtige Entscheidung war. Man muss dazusagen: Wir haben alle sehr große Erwartungen gehabt. Ich meine:

Schnapsmuseum, Mostheuriger, Kukmirn? Hallo? Vor unserem inneren Auge hat sich sofort ein Zechgelage abgespielt, wo wir Hochprozentiges aus Fässern saufen, uns beim Mostheurigen einen Ochsen grillen und den Kukmirnern die schönen Töchter rauben. Die Realität hat dann so ausgeschaut, dass uns eine hagere Frau mit dicken Brillen – bis heute bin ich mir nicht sicher, ob das nicht ein großes Insekt war, eine Gottesanbeterin oder ein Heuschreck – Destillier-Equipment aus verschiedenen Jahrzehnten gezeigt und derartig mitreißend geschildert hat, dass mir damals zum ersten Mal das dicke schwarze Haar auf dem Muttermal eines Mitschülers aufgefallen ist. Am Ende der Tour haben wir alle noch ein Stamperl kredenzt bekommen. Das hat dann die letzten Erinnerungen an das soeben Gehörte gründlich gelöscht.

Beim Mostheurigen habe ich schon so einen Hunger gehabt, dass ich mir statt einem Fleischbrot präventiv gleich zwei Fleischbrote bestellt habe, ohne zu wissen, dass das Kukmirner Maß für Fleischbrote ein ganz anderes ist, als das im Bezirk Mattersburg gängige. Im Grunde genommen ist das Kukmirner Fleischbrot gar kein Fleischbrot, sondern eine Schlachtplatte auf Teig, und der Mensch, der zwei davon essen kann, muss erst geboren werden. Jedenfalls hat sich mein Klassenvorstand dermaßen abgepeckt, wie mir die Belegschaft meine zwei „Fleischbrote“ an den Tisch gebracht hat, aber der Religionslehrer, der auch mitgewesen ist, hat sich erbarmt und mir eines abgekauft. Er hat es dann großzügig unter den Mitschülern verteilt, was ich aber nicht so super gefunden habe, muss ich sagen – weil dann hätte ich es gleich selber essen können.

Schwitzbandl

Mit Weihnachten, Ostern und dem eigenen Geburtstag war der Weltspartag im Oktober ein absolutes Highlight im Kalenderjahr. Egal wie viele Fetzen man gerade im Zeugnis gehabt hat – die Gimmicks und Geschenke von der Volksbank hat seinen Kindern niemand verwehrt. Zum Beispiel haben wir gekriegt: einen kleinen Plastiktresor zum Umhängen, so ein längliches Trumm, wo man sein Geld drinnen verstauen hat können, wenn man im Freibad ins Wasser gegangen ist. Was natürlich wichtig war, weil die fünf Schillinge für einen Jolly, die ich bar im Rucksack gehabt habe, sind damals noch eine ordentliche Marie gewesen. Manchmal ist ihnen aber nichts eingefallen, da hat es dann ein Volksbank-Sackerl gegeben, mit einem Volksbank-Lineal drinnen, einem Volksbank-Kugelschreiber und ein paar Volksbank-Luftballons. Da war ich dann angefressen, weil für so etwas gehe ich nicht auf die Volksbank. Und dann wieder haben sie genau ins Schwarze getroffen. Der absolute Burner damals: Schwitzbandl.

Einmal bin ich mit dem Papa in Wiener Neustadt unterwegs gewesen. Ich muss in der dritten oder vierten Klasse Volksschule gewesen sein, in einem Alter also, wo wir uns schon die alles entscheidende Frage gestellt haben: Was sind wir eigentlich – Rapid oder Austria? In der Fußgängerzone sind wir an einer Auslage vorbeigekommen, wo mir sofort die Augen übergegangen sind: ein Rapid Schwitzbandl-Set, eines für die Stirn, zwei für die Handgelenke. Ich habe sofort zum betteln angefangen, „Bitte, Papa, bittebittebitte“, und war direkt überrascht, dass er sofort eingewilligt hat. Er ist ins Geschäft hinein und herausgekommen ist er mit einem Schwitzbandl-Set von der Austria. Der Papa war nämlich durch und durch ein Violetter. Meine Freunde waren aber ausnahmslos alles Rapidler, was soll ich denn da mit Austria-Schwitzbandln, da wäre ich ja sofort zum Außenseiter geworden. Aber der Papa ist hart geblieben und hat sich nicht erweichen lassen durch meine Rapid-Tränen.

Jetzt bin ich halt bockert zuhause gesessen und habe darauf gewartet, dass ich endlich die Energie verspüre, die ja erwiesenermaßen von solchen Schwitzbandln ausgegangen ist. Wenn ich normalerweise ein Schwitzbandl angelegt habe, bin ich sofort von einem Energieschub durchzuckt worden und wie ein Duracell-Haserl im Zimmer herumgeteufelt – auf die Couch hinauf, runter, unter den Schreibtisch hinein, aufs Bett – bis die Mama geschrien hat, dass wir nicht so bumpern sollen, weil wir sonst Naschverbot kriegen. Mit den Austria-Schwitzbandln war ich aber definitiv nicht kompatibel, da ist nichts rübergekommen außer Enttäuschung.
„Scheiß Austria-Schwitzbandl“, habe ich in einer Lautstärke gesagt, wo mir wurscht gewesen ist, ob mich die Eltern hören oder nicht.
Frustriert habe ich sie abgenommen. Vor lauter Zorn habe ich das Stirnbandl überhaupt gleich zerreißen wollen. Auf einmal schnalzt es mir aus der Hand und schießt wie ein Projektil durchs Kinderzimmer, volles Karacho! In diesem Moment habe ich gelernt, dass selbst ein Schwitzbandl von der Wiener Austria für etwas gut

sein kann – nämlich als Waffe, mit der ich zum Beispiel meinen kleinen Bruder sekkieren kann. Der hat dann das Austria-Schwitzbandl noch mehr gehasst wie ich. Wenn man nämlich bei Gesichtstreffern den richtigen Winkel erwischt hat, hat es geschnalzt wie bei einer Verkehrten und das Wangerl ist fast genauso rot gewesen.

Bei den Kindern, die mit Schwitzbandln in die Schule gekommen sind, haben die Lehrer gleich gewusst: Ah, das sind jetzt die Fünferkandidaten. Durch die Energie, die von den Schwitzbandln übertragen worden ist, haben diese Kinder meistens ADS bekommen, weil sie nicht gewusst haben, wohin damit. Das Schwitzbandl per se war zwar noch kein Härtesymbol, aber eine Vorstufe davon. Aus dem Frottee ist irgendwann Leder geworden und aus den ADS-Kindern haben sich langsam die Härtlinge herausentwickelt. Nietenarmbänder, sogenannte „Kraftbandln", waren unverzichtbare Assets der Selbstinszenierung. Mit einem Nietenarmband hat man seine Faust an die Leine genommen – ein untrügliches Signal an alle Übermütigen, die sich gerne verkühlt haben.

Im Gymnasium hat das Schwitzbandl dann eine unrühmliche Entwicklung genommen. Als Haubenverschnitt haben es jetzt sogar die Streber aufgehabt, keine Spur mehr von Energie oder Härte. Das niedrigste überhaupt waren Stirnbänder mit Ohrenflappen, das war derselbe Unsinn wie Stoppelgewehre mit Schnur oder ferngesteuerte Autos mit Kabel. Die Hauptschüler haben für solche Fälle einen einfachen Trick parat gehabt, sozusagen ein Bekämpfungsmittel für diesen modischen Schädlingsbefall: Sie haben einem einfach das Stirnband vom Kopf gezogen und nach oben in die Luft geschleudert. Wenn man dem Stirnband dann nachgeschaut hat, hat man einen Magenreiber verabreicht bekommen. Durch diese wirkungsvolle Maßnahme sind die Stirnbänder mit Ohrenflappen Gott sei Dank schnell wieder von der Bildfläche verschwunden. Aufgehabt haben sie bald nur mehr Pensionisten und diejenigen unter uns, die wir von unseren Eltern aus nicht hauen haben dürfen.

Mit den neonfärbigen Schwitzbandln im Opel, Golf und BMW hat sich der Kreis endgültig geschlossen. Die Härtlinge haben gezeigt, dass sie nicht nur die Härte besitzen, sondern auch eine witzige und verspielte Seite haben. Ein Schwitzbandl für die Nackenstütze – weil ja der frisierte GTI geht wie eine Rakete und man schnell ins Schwitzen kommt, hahaha! Härtlingshumor. Für die Feuerwehrmänner waren die grellfarbenen Schwitzbandln aber auch ganz hilfreich, weil sie besser abschätzen haben können, wo sie mit dem Bolzenschneider aufpassen müssen.

Schwanzerl

„Derf i ma a Schwanzerl schneiden lossn?! Bitte, i hea dafia zum nägelbeißen auf!"
Wie ein kleiner Hund habe ich gewinselt. In Sachen Mode ist die Mama zwar schon einiges gewohnt gewesen von mir, aber ein Schwanzerl? Das hat sie dann doch nicht eingesehen.
„Mir scheint, da schaust ja aus wie ein Ratz", hat sie gemeint, „... na wirklich ned."
Frisurentechnisch hat sie alles verabscheut, was auch nur im Entferntesten an Tiere erinnert hat:
Stehfrisur („... wia die Hoa von ana Raupm"),
Langhaarfrisur („... wia r'a gstrieglter Gigerer"),
Stoppelglatze („... wia r'a rasierter Off"),
Stirnfransen („... grauslich, wia die Haxn von ana Spinn").
Übriggeblieben ist dann nur mehr der Suppentopf, der zeitlose Diskonthaarschnitt mit dem durchgehend angesagten Tölpel-Look. Dabei habe ich um alles in der Welt cool ausschauen wollen, cool sein war das oberste Gebot und cool ausschauen die absolute Grundvoraussetzung dafür. Ich habe ja nicht nach einer kompletten Typveränderung verlangt oder mir eine Rundum-Erneuerung gewünscht. Genau das war ja das Lässige am Schwanzerl, dass nur ein kleiner Eingriff nötig war zum Coolness erzeugen. Einfach beim nächsten Friseurbesuch hinten eine Haarsträhne aussparen und auswachsen lassen, fertig!
Die richtige Länge hat ein Schwanzerl dann gehabt, wenn es angefangen hat sich zum einringeln. Ein paar

haben sich ihr Schwanzerl zusätzlich mit einem Lockenwickler eindrehen lassen, was ausgeschaut hat, als hätte ihnen hinten wer einen Stoppelzieher oder einen Bohraufsatz aufmontiert. Andere haben sich das Schwanzerl blond einfärben lassen, wo ich mich gefragt habe: warum? Warum macht ein normaler Mensch so etwas? Was soll das für ein Signal sein?
„Schauts, ich hab ein Schwanzerl und ich hab es mir extrig blond gefärbt, damits ihr es alle sehen könnts!"
„Eigentlich bin ich von Natur aus braunhaarig, ich habe aber ein blondes Schwanzerl, weil ich gerne was Neues ausprobiere. Meinem Papa gehört übrigens die Apotheke ..."
„Eigentlich bin ich sonst ein ziemlicher Vollkoffer, aber zumindest habe ich ein blondes Schwanzerl."
Die richtigen Kapazunder haben zusätzlich zum Schwanzerl auch noch die Stirnfransen blondiert gehabt. Wenn man sich die Mütter von denen angeschaut hat, waren die auch alle gefärbt, grellrot meistens – Farbton „Zündholz" oder „Stoppschild". Aus der Distanz hast du geglaubt, da kommt jetzt eine Portion Ketchup mit einem Spritzer Senf daher, wenn Mutter und Sohn das Schulgassl heraufgekommen sind. Später, wie sie dann schon ein gewisses Alter gehabt haben, sind die vorne und hinten Gefärbten geschlossen der Freiwilligen Feuerwehr beigetreten oder der hiesigen Stadtkapelle.[5]
Nachdem ich mir alles abgewöhnt habe, was mich als Mensch ausgemacht hat (Naschen, Fernsehen, lang am Klo sitzen ...), habe ich dann doch noch das Okay gekriegt für mein Schwanzerl und ihm jeden Tag beim Wachsen zugeschaut. Ungeduldig habe ich daran gezupft, manchmal sogar ein bisschen gerissen, damit es schneller aus der Kopfhaut herauskommt. Mein Schwanzerl hat es

aber leider nicht in die ersehnte Kringelphase geschafft. Wie so oft bei Frisuren ist mir mittendrin der Geduldsfaden gerissen. Die Friseurin hat schnipp gemacht und mir mein Schwanzerl wie ein amputiertes Körperteil überreicht, wie ein leidender Regenwurm hat es sich auf meiner Handfläche gewunden. Die Mama hat es dann erlöst und im Kachelofen eingeheizt. Hätte man auch anders machen können, habe ich mir damals gedacht – danke, Mama. Aber sie hat sich halt gefreut, dass ihr Bub jetzt nicht mehr ausschaut wie ein Ratz …

5 Die Auffangbecken für alles, was von den Sportvereinen abgelehnt worden ist. Wer kein Viertel Rot exen hat können und auch kein Instrument gespielt hat, ist halt Ministrant geworden. Aus welcher Ecke die Pfadfinder Zulauf gekriegt haben, weiß ich bis heute nicht. Pfaderer waren mir immer schon ein bisschen suspekt, wenn sie in ihrer Pfadererhütte am äußersten Rand des Gemeindegebietes gesessen sind. Und gesehen habe ich ja auch nie einen, ich weiß nur, dass es die Hütte gibt. Vielleicht hat es ja gar keine Pfadfinder bei uns gegeben, eventuell hat man ja nur einen möglichst unauffälligen Namen für die Hütte gesucht, einen der Harmlosigkeit suggeriert und auch ein bisschen Langeweile, dass nicht vielleicht jemand auf die blöde Idee kommt und nachschaut, was sich dort hinter verschlossenen Türen abspielt. Kniestrümpfe und Halstuch zählen im Otto-Prospekt für Meuchelmörder zu den Bestsellern, könnte ich mir jedenfalls vorstellen …

Tip-Top

Was sich die Kinder heute überhaupt nicht mehr vorstellen können: die Lawine an Entscheidungen, die wir damals in dem Alter schon treffen haben müssen. Ein paar Auszüge aus unserem umfangreichen Fragenregister: Wo treffen wir uns? Was machen wir? Wer nimmt den Ball mit? Haben wir was mit zum Auswischen? Viele von diesen Fragen haben sich erst vor Ort klären lassen, weil wir beim Telefonieren einfach zu nervös waren und die Hälfte wieder vergessen haben, wenn am Festnetz zum x-ten Mal der Herr Leitgeb oder die Frau Leitgeb abgehoben hat oder eventuell sogar eines der gefürchteten älteren Geschwister, die prinzipiell immer unfreundlich waren. So eine Fülle an Fragen lässt sich nur bewältigen, wenn man über probate Entscheidungshilfen verfügt, die dann über jeden Zweifel erhaben sind und wo es dann auch keine Herumdiskutiererei mehr gibt. Die alten Griechen sind dafür extra nach Delphi gepilgert, wo sie sich beim hiesigen Orakel Ratschläge oder eventuell sogar eine Entscheidung geholt haben, wie es jetzt weitergehen soll mit ihnen. Da haben es wir schon leichter gehabt, wenn wir zum Beispiel eine Partie Tip-Top angerissen haben.

Falls wer das Tip-Top nicht kennt: Um ein Ergebnis in einer Streitfrage herbeizuführen, stellen sich zwei Kontrahenten in einem Abstand von ca. eineinhalb Metern zueinander auf und setzen dann abwechselnd einen Fuß vor den anderen, wobei die Ferse vom einen Fuß direkt an die Zehenspitzen vom anderen anschließt. Mit jedem Schritt sagt der eine Kontrahent „Tip“ und der andere „Top“, während man sich immer weiter annähert. Wer dann die letzte Lücke im verbleibenden Zwischenraum mit seinem Fuß ausfüllen kann, hat gewonnen, wobei ein Fuß auch im Neunzig-Grad-Winkel verdreht oder auf die Zehenspitzen gestellt werden darf, um auch noch in das allerletzte Futzerl Zwischenraum zu passen. Man ahnt es schon: Das Tip-Top war nichts für schnelle Entscheidungsfindungen und man hat schon ganz genau wissen müssen, wie man es richtig einsetzt. Zum Beispiel die Frage, wer jetzt das letzte Tankstellen-Brickerl ausfasst, wäre keine passende gewesen fürs Tip-Top, weil dann hätte es wahrscheinlich gar keiner gekriegt. Oft haben wir uns das Tip-Top aber eh nicht gegeben, weil bis ins letzte Detail überrissen haben selbst wir es nicht ganz. Warum man „Tip“ oder „Top“ sagen hat müssen zum Beispiel, und nicht „Lecko“ und „Mio“, wenn man sich ohnehin in einer Streitfrage gegenübersteht, wäre zu hinterfragen gewesen. Tip-Top sagt man ja eigentlich nur, wenn gerade alles lässig ist und einem die Sonne auf den Bauch scheint.

Geknofelt haben wir auch. Meistens nach einem ordentlich eingepinselten Langos[6] vom Jahrmarkt, aber auch vor dringenden Entscheidungen. Zum Beispiel bei der schon bekannten Frage, wer das letzte Brickerl kriegt. Oder wer das erste Bier zahlt, wie wir zwar noch ins Freibad gegangen sind, aber schon nicht mehr zum Baden, sondern gleich in die Kantine[7]. Das Knofeln hat super funktioniert, der zeitliche Aufwand auf drei Gewonnene war überschaubar und mit ein bisserl einem Massel hat der Rhythmus im Radio genau zum

Knofeln gepasst, das hat dann richtig lässig ausgeschaut (perfekt: der Anfang vom Bruce Springsteen seinem „No Surrender"). Aber es wäre ja zu schön gewesen, um wahr zu sein, dass wir mit Stein, Schere und Papier weiterhin kommod unsere Angelegenheiten regeln können und nicht auf einmal ein paar Obergescheite mit dem Brunnen daherkommen, was ja eigentlich ein kompletter Schwachsinn ist. Die Schere schneidet das Papier und der Stein haut die Schere zusammen, ABER: das Papier wickelt sich dann wieder um den Stein – ein wechselseitiges Geben und Nehmen, ein kosmisches Gleichgewicht, Yin und Yang. Wenn dann aber auf einmal der Brunnen gleich die Schere und den Stein schluckt, möchte ich mir zum Beispiel anschauen, wie er sich mit einem Waldviertler Wackelstein tut oder einem ordentlichen Findling. Man merkt schon: Ein kurzes Abklopfen bringt die Wahrheit ans Tageslicht, dass nämlich der Brunnen ein ausgemachter Blödsinn ist, den wahrscheinlich ein paar Tschecheranten ausgehirnt haben, weil sie kein Geld mehr für die nächste Runde gehabt haben. Ich lege mich fest: Wenn beim Knofeln wer mit dem Brunnen dahergekommen ist, hat man gleich gewusst, dass das nur ein Stockvogel sein kann.

Wobei ich noch nie so recht verstanden habe, warum das eigentlich so wichtig ist, wer jetzt die erste Runde zahlt. In Wahrheit ist das nämlich komplett für den Hugo, weil ja sowieso im Verlauf eines Abends jeder irgendwann eine Runde peckt. Sicher, es hat auch solche gegeben, die sich gerne aufs Klo verzupft haben[8], wenn sie an der Reihe gewesen wären. Aber dafür hat es in jeder Gruppe auch immer einen Sparmeister oder einen Gerechtigkeitsfanatiker gegeben, der am Ende beinhart

Kassasturz gemacht und genau gewusst hat, wer wie viele Biere gezahlt hat und wer wem noch was kotig ist. Solche i-Tüpferl-Reiter waren jetzt per se keine Sympathieträger, aber sie haben durchaus ihren Zweck erfüllt: Man hat nicht selber urgieren müssen und sich dadurch seine Würde bewahrt.

Bei Hahn oder Henne ist es dann schon nicht mehr um die Entscheidungsfindung gegangen. Das war ein reines Hasardspiel, wo man erraten hat müssen, ob der Kontrahent einen Gogosch oder ein Biberl hinter seinem Rücken versteckt. Damit waren aber keine echten Tiere gemeint, die da zur allgemeinen Belustigung hätten herhalten müssen, sondern Gräsersamen, die man mit dem Daumennagel vom Halm abgezogen hat, was dann entweder ausgeschaut hat wie der Federbuschen von einem Hahn oder eben einer Henne. Bestens geeignet waren Gräser wie der Gold-Schwingel (Festuca paniculata), das Läger-Rispengras (Poa supina) oder das Silber-Raugras (Achnatherum calamagrostis), die auf jeder gut sortierten Leiten und Gstetten zu finden waren. Die Natur hat uns wirklich mit allem versorgt, was wir für ein gesalzenes Hahn-oder-Henne-Duell gebraucht haben. Wer ein schlechter Verlierer gewesen ist, hat dem Gewinner zum Beispiel Kletten in die Haare geworfen oder ihn mit Wurfpfeilen aus Mäusegerste abgeschossen.

	Spieler	Zu treffende Entscheidung
Tip-Top	(Hobby-)Fußballer, Bandenmitglieder (Softies), fadisierte Gassenkinder, Überbringer von schlechten Botschaften	Wer radelt zur Tankstelle Ball aufpumpen? Wer kräult über die Mauer und holt den Ball? Wer ruft die Frau Neugebauer an und sagt ihr, dass sich der Robert schon wieder das Schlüsselbein gebrochen hat?
Knofeln	Raucher, Stiefeltrinker, (Vereins-)Fußballer, Schläger, Jugendfeuerwehr, Blasmusik, Bandenmitglieder (Härtlinge)	Wer zahlt die erste Runde? Wer holt Tschick? Wer gibt dem XY in der großen Pause eine Gnackwatsche? Wer schießt den Elfer? Wer sitzt im Bus in der letzten Reihe?
Hahn oder Henne	Jungschar, Pfaderer, Hüttenbauer, Sonderlinge (kann man auch alleine spielen)	Hahn oder Henne?

6 Die besten Langos sind die gewesen, wo man durchschauen hat können wie durch ein beschlagenes Brillenglas. Das perfekte Langos ist am Rand fleischig und in der Mitte schön knusprig, wie eine frisch verheilte Oberschenkelwunde. Und natürlich vollflächig mit frischem Knoblauch eingespachtelt.
7 Freibadkantinen sind ein beliebter Tummelplatz für sogenannte „Fahnenflüchtige“, also Menschen, die vor ihrer eigenen Alkoholfahne fliehen und sich gerne in Umgebungen flüchten, die ihren kritischen Zustand kaschieren. Ein allseits beliebtes Leo sind die Freibadkantinen mit ihren überdimensionierten Schachbrettern. Dort hat noch nie wer eine seriöse Partie Schach gespielt, hier und da dass sich ein paar Kinder einmal mit einem Turm tögeln oder mit den Pferderln im Kreis springen. Wenn dann die Promillos gemütlich dasitzen im Schatten der Sonnenschirme, die Adern im Gesicht aufgeplatzt wie die Frankfurter am Teller, möchte man fast meinen, die tüfteln an einer Spielstrategie, jeder für sich an seinem Tisch. Und eigentlich liegt man damit gar nicht so falsch, weil sie ja wirklich gerade den nächsten Zug überlegen, nämlich wann sie ihn nehmen sollen.
8 Andere beliebte Ablenkungsmanöver waren:
Anspeiben: möglichst vor Publikum, da haben es manche zur Perfektion gebracht. Das berühmteste Katzerl Mattersburgs hat der damalige „Tirolerkönig“ in die Einfahrt vom Weiss-Heurigen gelegt, das war wie ein Schüttbild vom Nitsch, also reine Kunst.
Schmusen: Es haben sich welche halbert aufgefressen beim Schmusen, das hat oft ausgeschaut, als würden sie gar nicht schmusen, sondern gemeinsam in einen besonders harten Apfel beißen, einen Granny Smith zum Beispiel. Und das alles nur, um zu signalisieren: Es (d. h. das Rundenzahlen) geht grad wirklich nicht!
Bewusstlosigkeit: Der Scheintod ist die dramatischste Finte im Repertoire des Drückebergers, aber nicht alle Bewusstlosen waren automatisch Scharlatane, da hat es ein gewisses Feingespür gebraucht, um die einen von den anderen zu unterscheiden, zum Beispiel den allseits beliebten Trick „Zigarette auf Unterarm ausdämpfen“.
Anscheißen: Wer sich in die Hosen scheißt, weil er keine Runde zahlen will, ist selber schuld. Und trotzdem: Chapeau!

Adidas Tango

Wenn wir uns früher zum Fußballspielen getroffen haben – sei es im Stadion oder auf der örtlichen Blutwiese – war die erste Frage, die einer Klärung bedurft hat: Wer bringt den Ball mit? Dem Gesetz der Ehre zufolge hätten dann all jene schweigen müssen, die in der Garage eine Wuchtl vom Baumarkt oder eine Haut aus der Sport-Lehner-Schütte liegen gehabt haben. Stimmberechtigt wären einzig und allein die Hüter des Lederballs gewesen, des Reichsapfels unter den Fußbällen.

Durch eine glückliche Wendung des Schicksals bin ich selber zu einem dieser Hüter geworden. Der Papa, ein verdienter Landesligist, hat eines Tages einen Tango aus dem Vereinsbestand mit nach Hause gebracht. Der Adidas Tango war eine aus organischem Material gefertigte Präzisionswaffe: handvernäht und in neongelber Farbe, hat er auch bei Nacht noch sein Ziel gefunden. Mit dem Tango habe ich mich zuerst gar nicht auf die Straße hinausgetraut, vor lauter Angst, dass mir der Asphalt einen Kratzer ins Leder macht. Vorsichtig habe ich auf der Wiese im Hof gegaberlt und mir vorher die Schuhe geputzt. Und beim Schlafengehen habe ich ihn neben das Bett gelegt, wo er im Schein der Straßenlaterne gefunkelt hat wie ein Stern. Beim ersten Kickerl war ich natürlich gleich einmal das Arschloch, wie alle, die mit einer Pistole zu einer Messerstecherei kommen. Sofort sind die restlichen Wuchtln verschämt ins Gebüsch gerollt, in dem Moment, wo meine Haberer den Tango

gesehen haben. Gleich einmal haben sie aber so getan, als wäre der Tango ein Ball wie jeder andere, aber schon bei der kleinsten Spielunterbrechung haben sie ihn unauffällig berührt und vereinzelt sogar gestreichelt, um Bekanntschaft mit diesem grellhäutigen Exoten zu machen. Beim Namen genannt haben sie ihn auch nicht gleich, im Gegenteil: Sie haben sich blöd gestellt, als würden sie nicht ganz genau wissen, mit wem sie es da zu tun haben, obwohl in den Kinderzimmern die herausgerissenen Seiten vom Sportkatalog herumgelegen sind und in jede Federschachtel mindestens einmal „Tango" hineingekritzelt war. Bis es dann doch wem herausgerutscht ist und es bei der nächsten Standardsituation geheißen hat:
„Gib her den Tango!"
Dann ist es auf einmal mucksmäuschenstill geworden, weil jemand das „Geheimnis" ausgeplaudert und den Bann gebrochen hat. Von dem Moment an haben es dann alle gesagt: Tango, Tango, Tango.

Der Tango war ein Komet, der unsere sportliche Laufbahn wie einen Schweif hinter sich hergezogen hat. Durch ihn haben wir erfahren, was es heißt, mit erstklassigem Material zu arbeiten. Auf magische Art und Weise hat er seine Qualität auf uns Spieler übertragen.
Wir haben aber auch gelernt, zu welchem Zorn wir fähig waren, wenn wieder einmal ein Unwürdiger ausgestattet worden ist und zu Weihnachten oder Ostern einen Tango bekommen hat.
Der Tango hat seinen Besitzer besser gemacht, weil er Erwartungen geschürt hat:
„Der hat einen Tango, der muss was draufhaben."

Wenn du dann nichts drauf- und zufällig noch ein Barcelona- oder Milan-Dress angehabt hast, hat so ein Auftritt schnell zum Abschiedsspiel werden können. Reihenweise sind auf dem Mattersburger Hartplatz solche Schwachmaten zusammengeschnitten worden auf ein Kilo Faschiertes.

Mein geliebter Tango hat sein unrühmliches Ende ein paar Saisonen später gefunden, wo wir uns längst auf dieses Kaliber eingeschossen gehabt haben und der Kick mit der Edelhaut nichts Besonderes mehr gewesen ist. Vom Fußballspielen sind wir direkt übergegangen zu waghalsigeren Kunststücken, wie zum Beispiel: den Ball über das Mattersburger Viadukt fetzen. Bei so einem Versuch ist er dann einem vorbeifahrenden LKW vor die Räder gerollt – es hat einen Knaller gemacht und ich habe den original Tango von Adidas nach Hause getragen wie einen leeren Trinkschlauch aus Ziegenleder.

Waschbetonplatten

Vor lauter Gier ist mir beim Naschen einmal eine Tutti-Frutti-Schnecke runtergefallen. Trotz sofortiger Suchaktion habe ich sie nicht wiederfinden können. Ein, zwei Mal bin ich mir tausendprozentig sicher gewesen, „Ha! Da ist sie ja, meine Tutti-Frutti-Schnecke“, nur um mir dann auf einem Waschbetonsteinchen die Finger blutig zu kletzeln. Es hat nichts genutzt: Ich habe mich damit abfinden müssen, dass ich wahrscheinlich niemals in den Genuss dieser fruchtigen Schnecke kommen werde. Dann ist der Sommer ins Land gezogen und meine Eltern haben wieder das rote Plastikschaffel reaktiviert und mit Wasser befüllt und ich habe darin „baden“ dürfen. Und wie ich dann zu meinem Handtuch hinüberlaufe, weil es mich gescheppert hat wie ein Kluppensackl (das Schaffelwasser hat gerade einmal bis in den Genitalbereich hinaufgereicht), gibt es mir auf einmal einen Stich in der Ferse. „Scheiß Beindl“, ist es mir gleich herausgerutscht, aber wider Erwarten ist es kein Stachel gewesen, der sich da so schmerzhaft in meine Fußsohle gebohrt hat, sondern die verlorengeglaubte Tutti-Frutti-Schnecke. Verhärmt und etwas blass um die Windungen ist sie zurückgekehrt aus der alles verschlingenden Steinchenwüste der Waschbetonplatten, als hätte sie sagen wollen: Nur die Harten kommen durch!

Nach dem Eklat mit der Tutti-Frutti-Schnecke habe ich eine regelrechte Waschbetonplatten-Paranoia aufgerissen. Ich hätte mir ja weiß Gott was eintreten können[9], es war ja nicht abzusehen, was da sonst noch alles herumliegt und von den facettenreichen Platten optisch absorbiert wird. Mit der Zeit habe ich mir dann gedacht: Gut, die Platten sind verlegt, jetzt kannst du eh nichts mehr machen, aber wer weiß, wofür sie einmal gut sind ... Irgendwann kriegt dann die Mama wieder ihren Rappel und bildet sich gefüllte Zucchini ein, wo ich schon grün geworden bin, wenn ich nur dran gedacht habe. Die Zucchini sind ihr immer quatschert geworden, aber anscheinend war ich der Einzige, dem das aufgefallen ist, und geschmeckt haben sie ja auch nach nichts. Jedenfalls hat sie immer einen ordentlichen Fotz gezogen, die Mama, wenn es mich gereckt hat wie einen Hund, der zwecks Magenreinigung ein Büschel Gras hinunterwürgt. Partout habe ich aber sitzen bleiben müssen, bis der Teller leer war. Da ist der Papa schon beim Grand Prix gelegen, hat es mir dann endgültig gereicht und ich habe gesagt: „Aus! Wo sind wir denn?! Jetzt schopp ich den quatscherten Zucchini hinunter, und wenn ich mich derspeib." Und genau so habe ich es dann auch gemacht: Mit zusammengezwickten Augen habe ich geschaufelt wie ein Drescher, es hat mich gereckt und gebeutelt wie nur, aber ich habe alles sorgfältig hinuntergeschluckt – und mich an Ort und Stelle angespieben. Wo ich die Geistesgegenwärtigkeit hergenommen habe, dass ich mich nicht mitten auf den Tisch übergebe, sondern auf die Waschbetonplatten, weiß ich bis heute nicht. Auf den mehrfarbigen Platten ist Unrat ja so gut wie unsichtbar. Und wirklich, bei der nächsten Stippvisite, die sie mir abgestattet hat, rümpft die Mama gleich einmal die Nase: Ob ich leicht ein Fru Fru gegessen habe, weil es gar so säuerlt da heraußen. Es war aber weit und breit kein Joghurtbecherl zu sehen, jetzt hat sie wortlos den blitzblanken Teller mitgenommen und ums Milecken wäre sie mir noch in mein Malheur hineingestiegen. Ich habe mir aber nichts anmerken lassen und wie die Mama wieder im Haus verschwunden ist, bin ich seelenruhig aufgestanden, in den Garten gegangen und habe den Zwinger aufgemacht. Der Hund hat sich dann um das Gspeibert gekümmert.

Zur Mittagszeit, wenn die Sonne ihren Höchststand erreicht und es ruhig wird in den umliegenden Gärten, habe ich gern eine Runde gebüselt. Das leise, gemütliche Quietschen von der Hollywoodschaukel hat mich süß in den Schlaf gewiegt. Ich habe dieses Geräusch überhaupt nicht als störend empfunden und letzten Endes hat es zum authentischen Hollywoodschaukel-Erlebnis einfach dazugehört. Irgendwann reißt mich dann aber doch das Knattern einer Mopete aus dem Schlaf und ich mache die Augen auf – aber nicht dort, wo ich sie ursprünglich zugemacht habe, sondern am gegenüberliegenden Ende der Terrasse. „Spinne ich jetzt komplett", denke ich, noch ganz traumhapert, „... ich bin doch fix dort drüben eingeknackt!" Zu der Zeit habe ich zufällig gerade ein Buch über unerklärliche Phänomene auf dem Nachtkastl liegen gehabt, und da heißt es in einem Kapitel, dass eigenartige Zufälle so oft passieren, dass es einem mitunter schwerfällt, nicht an die Existenz von einem kosmischen Scherzbold[10] zu glauben. Nachdem ich aber prinzipiell nicht an Zufälle glaube und schon gar nicht an kosmische, habe ich mich kurz zusammengerissen und Nachforschungen angestellt, wo mir dann relativ schnell folgendes Indiz ins Auge gestochen ist: Die Terrasse ist nass. Und dann gleich noch eines: Der Opa pritschelt mit dem Gartenschlauch. Und dann habe ich eins und eins zusammengezählt: Der Opa wird wahrscheinlich die Terrasse abgepritschelt haben, zwecks Kühleffekt in dieser Affenhitze und weil er überhaupt gerne mit dem Schlauch herumpritschelt. Nasse Waschbetonplatten sind ja dermaßen rutschige Hunde, dass es wahrscheinlich so hergegangen sein wird, dass ich mich im Halbschlaf von einem Terrassenende zum anderen hinübergeschaukelt habe. Gott sei Dank kein kosmischer Scherzbold, nur der Opa mit dem Gartenschlauch! Ich war direkt erleichtert, Klarheit in diese Sache gebracht zu haben, weil im ersten Moment ist mir ganz schön der Reis gegangen, das gebe ich offen und ehrlich zu.

Ich bin aber in meiner Jugend nicht nur in der Hollywoodschaukel gelegen, ich habe auch gerne Ausflüge gemacht und neue Landstriche erkundet. Ganz allein unterwegs auf staubigen Wegen, da hat man schön aus der Zeit fallen können und sich alles Mögliche vorstellen. Zum Beispiel, dass jetzt gerade nicht jetzt ist, also die Gegenwart, sondern das Mittelalter und vielleicht schon am nächsten Wegkreuz ein Raubritter wartet, der einen zum Duell herausfordert. Derart verträumt bin ich dahinmarschiert zwischen Weingärten, Wiesen und Wäldern, und auf einmal: eine Waschbetonplatte, gleich neben dem Weg! Eine einzelne Waschbetonplatte. Vielleicht hat sie ja wer verloren oder sie ist vom Traktor heruntergefallen oder handelt es sich gar um eine illegale Bauschuttablagerung? Aber die Platte war unversehrt und von daher hat sie den Eindruck erweckt, als wäre sie absichtlich dort abgelegt worden. Daneben ist eine 8/8er Staffel im Boden gesteckt, mit einer aufgenagelten Spanplatte, wo „Aussichtswarte“ draufgestanden ist, auf einem Zettel in Klarsichtfolie, und darunter eine ausgedruckte Landkarte, die angezeigt hat, wo man sich gerade befindet und welche Landschaft einen da konkret umgibt. Die einsame Waschbetonplatte hat jedenfalls suggeriert, dass man sich schon draufstellen muss, wenn man das volle Panorama-Erlebnis genießen will. Wer sich danebenstellt, davor- oder dahinter-, der hat sich nicht wundern gebraucht, wenn sich da aussichtsmäßig nicht viel abgespielt hat. Weil schmähhalber ist noch keine Waschbetonplatte irgendwo herumgelegen.

Im südlichen Burgenland, genauer gesagt in Kemeten, ist im Zweiten Weltkrieg ein amerikanischer B24-Bomber heruntergegangen. Abgestürzt ist er noch nicht gescheit gewesen, sind die Kemeter schon ausgeschwärmt wie die Ameisen und haben die Maschine in Nullkommanichts ausgebeinlt. Sogar den Fallschirm vom Piloten haben sie verarbeitet, und zwar zu einem Brautkleid, in dem dann dem Krutzler Christoph seine Oma den Opa geheiratet hat, in der allerersten Hochzeit nach dem Krieg. Heute noch erinnert ein Mahnmal an diese Begebenheit (an den Absturz, nicht an die Hochzeit): An einer heimeligen Stelle im Wald kann man sich die verbliebenen Flugzeugschrauben und Blechteile anschauen, die die Kemeter entweder nicht derklaubt haben oder einfach nicht brauchen haben können. Das Mahnmal besteht aus zwei rostigen Behältnissen, verschweißt mit rostigen Gittern, durch die man durchschauen kann zu den rostigen Trümmern hinein. Damit man das aber auch möglichst einwandfrei tun kann und einem ja nichts entgeht beim Betrachten der aeronauten Überbleibsel, und sich da ja nicht wer falsch hinstellt vielleicht, weil die Gefahr ist da, die ist durchaus immer gegeben, dass sich wer falsch hinstellt, wenn er sich die rostigen Schrauben von dem bald einmal vor hundert Jahren abgestürzten Flieger anschauen will – und genau wegen diesem akuten Hochrisiko sind da zwei überaus hilfreiche Waschbetonplatten auf dem Waldboden verlegt. Wer sich da draufstellt, und wirklich nur wer sich da draufstellt, kommt quasi in den Genuss der ultimativen Kemeter Rostschrauben-Experience, was sich kein Mensch von Kultur entgehen lassen sollte.

Mich würde ja wirklich einmal interessieren, wer die zwei Platten verlegt hat. Ein Pflasterer greift dir da garantiert nicht hin, für zwei Platten schickt dir der nicht einmal seinen Lehrbuben vorbei. Dodlhacke hin oder her, bestimmt ist ein Mordstheater gemacht worden um diese Platten ...

9 In Lignano ist es mir ähnlich gegangen, da bin ich auch immer auf Krebserl und andere Langustentierchen draufgestiegen, was sich umgehend gerächt hat, weil sie mich nämlich ordentlich eingezwickt haben, bis ich irgendwann den Hut draufgehaut habe und nur mehr ins Swimming Pool gegangen bin, was aber vielleicht auch einen anderen Grund gehabt hat: Gleich daneben hat es die weltbesten Grillhendln überhaupt gegeben, von denen ich dann jeden Tag eines verspachtelt habe. Mein erstes Schweppes habe ich auch in Lignano getrunken, der Opa hat mich einen Burrer machen lassen. Es hat geschmeckt wie Schwefelwasser, so bitter, nicht zum dersaufen! Und einen Pommes-Automaten hat es auch gegeben, zu dem bin ich gegangen, wenn der Opa wieder gesagt hat: „Mir scheint! Du kannst ja nicht jeden Tag ein Grillhendl verhaften, du Rüssel!“

10 Phänomene. Die Welt des Unerklärlichen. Erlangen, Karl Müller Verlag 1993, S. 194ff.

Aus dem Stück:

„Das wird ein Theater"

Ein krampfhafter Akt

Zahlreiche Beschwerden haben das Kemeter Rathaus erreicht: Dem Kriegsmahnmal im Wald würde es an Übersichtlichkeit fehlen, man könne die Schaustücke nicht entsprechend in Augenschein nehmen, überhaupt sei die Aufbereitung insgesamt mangelhaft und scheinbar ohne Plan durchgeführt. Das Rathaus reagiert umgehend und entsendet eine Pritsche.

An der einstigen Absturzstelle eines US-Bombers, dem nunmehrigen Mahnmal, steigen zwei Gemeindearbeiter aus dem Wagen. Sie öffnen eine Bordwand.

Arbeiter 1 zündet sich eine Zigarette an und geht Richtung der Schaustücke. Federnden Schrittes überprüft er die Beschaffenheit des Bodens.

Arbeiter 1: „Gehtscho, owa mit die Plottn."

Arbeiter 1 und Arbeiter 2 greifen sich jeweils eine Waschbetonplatte und bewegen sich damit Richtung Mahnmal. Ihre Schritte werden langsamer, zaghaft. Wenige Meter vor den Schaustücken halten sie an. Sie wenden den Blick nach links und nach rechts, als suchten sie nach Anhaltspunkten.

Arbeiter 2: „Wos mochma jetzt mit die Plottn?"

Arbeiter 1 stolpert über eine Wurzel. Er taumelt zwei Schritte vorwärts, flucht und schupft seine Waschbetonplatte auf den Boden.

Arbeiter 1: „Do leg ma's her."

Arbeiter 2: „Und die zweite? In wöchan Obstaund?"

Arbeiter 1: „Owa wos waaß denn i! Moch hoid umme do an Schriat."

Arbeiter 2: „Do?"

Arbeiter 1: „Jo, wird scho passen. Wos waaß denn i …"

Arbeiter 1 und 2 stellen sich auf die frisch verlegten Platten und drücken sie unter Aufbringung ihres Körpergewichts zu Boden. Als dieser nicht weiter nachgibt, halten sie inne.

Arbeiter 2: „Na is des a wos? Des is glei wos aundaschts! Do kaunnst di auffastöön gscheid und ois gscheid aunschaun. Ka Vergleich, waunnsd mi frogst."

Arbeiter 1: „Owa wos waaß denn i …"

Wie schaut man beim Autodromfahren überhaupt?

Beim Autodromfahren habe ich mir einmal dermaßen die Galerie demoliert, dass meine Eltern gesagt haben: So, den müssen wir jetzt durch ein Strohröhrl ernähren. Und das, obwohl ich angegurtet war. Ich bin ihnen dann ums Verrecken nicht mehr eingestiegen, gar nicht einmal wegen meinem blutenden Mund oder den lockeren Einsern, sondern weil ich keine Antwort parat gehabt habe auf die Frage: Wie schaut man beim Autodromfahren überhaupt? Was ist der richtige Gesichtsausdruck? Ich weiß schon, es herrschen eigene Gesetze im Autodrom[11], die Karambolage gehört hier quasi zum guten Ton. Aber was heißt das jetzt: Soll ich lachen bei einem Frontalbuserer oder doch lieber den Härtling herauskehren? Und was, wenn es aus allen Richtungen Einschläge hagelt und man zum Spielball wird für die Vollprofis, die es hundertpro gibt in jedem gut sortierten Autodrom – wie schaut man denn dann?

Über die Jahre bin ich auf Folgendes draufgekommen: Die Vollprofis unter den Autodromfahrern haben immer ein paar Sheriffs im Gefolge, die meistens lässig am Geländer sitzen und das Geschehen von außen observieren. Schon bei der kleinsten Ungereimtheit aber – einem Kind zum Beispiel, das im Autodrom sitzt und überraschenderweise noch nicht weint – geht sofort eine entsprechende Stallorder hinaus: „Schiaß eam o!“ Wenn er nicht ohnehin schon die Fährte aufgenommen hat, wird der Profi dem umgehend nachkommen und die Order gewissenhaft vollstrecken. Was ihn als Autodrom-Profi aber letztlich auszeichnet: Er kommt gar nicht erst in die Verlegenheit, dass er anfängt zum Hirntschechern – wie schau ich denn jetzt beim Crash den oder die an, also die Opfer – weil er den Fokus von Haus aus ganz woanders hat, nämlich bei seinen Sheriffs, er schaut SIE an, weil er SIE kennt und das seine weltbesten Haberer sind und weil er SIE nicht gerade durchgeschüttelt hat wie ein Joghurt vorm Aufmachen. Seine Opfer hingegen würdigt er keines Blickes. Die Tränen von der kleinen Angelika versickern in der Anonymität – ein weinendes Gesicht weniger, das ihn im Schlaf verfolgt. Das Profigesicht kennt keine Trübsal, es vermittelt Härte und Gnadenlosigkeit, ohne dass es dabei angestrengt wirkt oder gar verkrampft.

Wenn man aber so wie ich nie einer von den Profis war, hat man sich mit einer gewissen Unsicherheit herumschlagen müssen, was die eigene Mimik und Gestik betrifft. Weil im Grunde verhält es sich mit dem Autodromfahren so: Im richtigen Leben, wenn dich da einer abschießt, mit dem Auto oder – rustikaler noch – mit der Faust vielleicht, brauchst du dir nicht den Kopf zerbrechen, weil die Entscheidung, wie du zum schauen hast, wird dir vom Auto, respektive von der Faust, abgenommen. Wenn jetzt aber der Gummipuffer vom Autodrom diese Entscheidungsmöglichkeit quasi verschluckt, bedeutet das im Gegenzug wiederum, dass man sich selber überlegen muss, wie das eigene Gesicht mit der Situation umgeht. Wenn sich dann nicht zufällig der Wahnsinn beimischt, was er bei den Profis mit Sicherheit tun wird, und das Kommando ergreift über die entgleisenden Gesichtszüge, hat man schnell einmal seine Würde eingebüßt. Und da braucht man nicht einmal so wie ich gleich ins Lenkradl beißen.

Erwischt es im Gegenzug einmal den Autodrom-Profi selbst, was selten aber doch vorkommt, hat der überhaupt keine Zeit, dass er sich groß Gedanken macht zu seinem Geschau. In der Sekunde holt er zum Gegenmanöver aus, er schlingt den rechten Arm um den Beifahrersitz, dreht sich über die Schulter nach hinten und rührt mit der Linken um, wie wenn ihm gerade ein Mehlpackerl über der Einbrenn aufgerissen wäre. Weil eines ist auch klar: Er muss sofort zurückschieben. Da gibt es jetzt glaube ich keine Diskussion: Rücklisches Einparken und Zurückschieben ganz allgemein wirkt extrem professionell und schaut pipi aus, überhaupt wenn man den Arm lässig um die Nackenstütze legt. Mit seinem reflexartigen Zurückhageln, wenn es ihn doch einmal erwischt hat, sagt der Profi nichts anderes wie „Kennst dich aus, Reisinger?“, für den doch sehr unwahrscheinlichen Fall, dass irgendwem noch irgendwas unklar sein dürfte. So verwandelt er nicht nur eine vermeintliche Niederlage in einen triumphalen Sieg – indem er sich von seinem Kontrahenten abwendet, muss er sich abermals keine Gedanken machen zu seinem Geschau.

Aber es ist nicht jeder automatisch gleich ein Vollprofi, wenn er beim Autodromfahren Blickkontakt mit dem Fahrbahnrand aufnimmt. Das unterste Glied in der Autodrom-Hackordnung: minderjähriges Geschmeiß. Wenn sich die Elterngeneration am Kirtag ordentlich die Kante gibt und sich fest einspritzt, hat sie meistens die Spendierhosen an. Der Nachwuchs wird dann großzügig mit Jetons gefüttert, aber nicht die letscherten aus der Fritteuse, sondern die fürs Autodrom. Das Einwerfen funktioniert noch so halbwegs, aber dann wird es schon happig. Die Steuerung von so einem Boliden ist für viele Wonneproppen die reinste Rocket Science. Der Ham, der ja bekanntermaßen der erste Schimpanse im Weltall war, würde sich in den Boden hinein genieren, wenn er da zuschauen müsste. Mit ein bisserl einem Massel verkeilen sich die verstörten Gschroppen irgendwann zwischen den abgestellten Autodromen und überstehen die Tortur dann ohne größere Folgeschäden. Wenn es aber deppert hergeht, werden sie von einem Profi entdeckt und der erklärt ihnen dann über die Zeitspanne von so einem Jeton ganz genau, wo der Barthel den Most holt. Die Eltern der Opfer stehen dann meistens etwas indigniert an der Peripherie und wohnen der Exekution ihres Nachwuchses bei. Vorgestellt haben sie sich das alles ganz anders, sie heischen aber so gut es eben geht Stolz und Begeisterung, aus Angst, dass ihnen die Kinder sonst noch hysterischer werden. Wenn dann auch noch ein Autodromhackler aufspringt, um die traumatisierten Unfallopfer in den sicheren Hafen zu manövrieren, wächst sich das Trauma schnell zur Neurose aus, weil die Hackler meistens ausgeschaut haben wie der Zombie von den Iron Maiden: spindeldürr, Wallemähne und eine Tschick in der Pappen. Wenn dir so einer ins Lenkrad greift, schaust du auch ganz schnell, wo der Papa und die Mama stehen …

11 „Autodrom" hat man zu den Fahrzeugen selbst gesagt und auch zur Anlage insgesamt.

Alte Männer

Früher hat es weit mehr alte Männer gegeben als heute. Was wahrscheinlich daran liegt, dass sie einfach schneller alt geworden sind, damals. Teilweise waren sie ja erst vierzig und trotzdem schon Opa, da bist du heute noch nicht einmal richtig aus der Pubertät draußen. Ausgeschaut haben sie aber alle wie siebzig, mit ihren roten Nasen, den fleischigen Ohrlappen und struppigen Haarkränzen. Als alter Mann hast du dir können alles erlauben: Wenn du einem Rotzbuben eine angezunden hast, wenn er sich wieder ohne zum fragen ein Zwetschkerl vom Baum gebrockt hat, sind die Eltern gekommen und haben sich noch entschuldigt bei dir. Und wehe, es ist einmal eine lauwarme Leberknödelsuppe auf den Tisch gekommen, da hat es gleich eine ordentliche Predigt gesetzt zum Mittagsläuten am Burgenlandsender. Wenn ich jetzt sagen würde, die alten Männer sind die ersten Helden in meinem Leben gewesen, dann wäre das wahrscheinlich gelogen. In Wirklichkeit waren sie eher etwas wie Antihelden, weil sie sich einfach nichts geschissen haben. Von dem her hätten sie aber schon wieder meine Helden sein können.

Wenn bei uns daheim auf einmal das Licht ausgegangen ist, ohne dass wir einen Stromausfall gehabt haben, dann ist meistens der Adolf-Onkel vor der Tür gestanden. Die Mama hat gleich zum zischeln angefangen, wir sollen das Licht abdrehen und uns ducken, nicht dass uns der Adolf-Onkel noch sieht, dann müssen wir ihn zum

Schluss noch hereinlassen. „Pssscht!“ Der Adolf-Onkel war über fünf Ecken eine weitschichtige Verwandtschaft und genau das sind dann meistens diejenigen, die das Band gerne strapazieren, das einen miteinander verbindet. Die Mama hat jedenfalls den größten Jammer gehabt, dass sich der Adolf-Onkel wieder ansitzt und uns nicht mehr nach Hause geht. Wenn der gerade am Biberln gewesen ist, hat es vorkommen können, dass er ganz allein einen Doppler verhaftet und uns dann für ein paar Stunden wegtrocknet. Der Adolf-Onkel war eine Bedrohung aus den eigenen Reihen, mit einem Schlag hat er unsere Sonntagsruhe zunichtemachen können, wenn wir uns nicht streng an das von der Mama entwickelte Protokoll gehalten haben. Das hat aber auch nicht immer geholfen. So einfach hat er sich nämlich nicht abschütteln lassen, der alte Hundianer. Wenn wir ihm die Tür nicht aufgemacht haben, ist er mit seinem Stock einfach ums Eck gehumpelt und hat dort gelauert, bis der Papa um die Sonntagskrone gegangen ist. Und schwupp – schon hat er ihn gehabt beim Krawattl. Die Mama ist immer halbert verfallen, wenn wir auf einmal zwei Stimmen gehört haben im Vorraum draußen, weil sie ja gewusst hat, dass das jetzt bestimmt eine längere Geschichte wird. Den Adolf-Onkel hat sie das aber nie spüren lassen. „Trinkst eh an Kaffee, Aduif-Onkel“, hat sie pflichtbewusst gefragt, als würde sie ein Nein als Antwort nicht akzeptieren, während sie hinter ihrem Rücken ein Hexenkreuz gemacht hat. Akkurat hat er jedes Mal schon seinen Kaffee getrunken gehabt, der Adolf-Onkel, bevor er sich bei uns anschauen hat lassen. Und mit dem Blutdruck war das auch so eine Sache, da hat es auch geheißen aufpassen. Aber auf ein Achterl täte er sich vielleicht überreden lassen, „Oda waaßt wos, Gitti, stö ma glei a Vierterl her, daunn muaßt ned so oft hin und her rennan."

Wie ein Krösus ist er in unserem Wohnzimmer gesessen und hat großzügig Audienzen gewährt. Ich habe dann immer zu ihm hingehen müssen, die Hand geben. Und auf einmal – wie das gegangen ist, weiß ich bis heute nicht – habe ich einen gefalteten Zwanziger in der Hand gehabt! Heute noch bin ich ganz perplex deswegen. Der Adolf-Onkel hat sich dann zu meinen Eltern umgedreht und ihnen gönnerhaft zugenickt: „Is scho recht." Dann hat er mich von oben bis unten gemustert und meinen Eltern gezielt Fragen gestellt:
„Essen tuat a'r eh uandlich, oder?"
„Wia groß is er denn?"
„Waunn hobt's eam denn is letzte Moi auf die Woog gstöt?"
Gerade dass er mir nicht die Lefzen hinaufgeschoben und das Gebiss kontrolliert hat. Wie ein Stück Vieh bin ich dagestanden und habe geschaut, mit meinem gefalteten Zwanziger in der Hand. Ich war eine Projektionsfläche für die militaristischen Fantasien von einem untauglichen Kriegsverherrlicher, der sich bei jedem Besuch ausgerechnet hat, wann Pi mal Daumen mein Stellungsbefehl hereinflattern müsste. Dazwischen hat er ordentlich dem Rotwein zugesprochen und die Zuversicht geäußert, dass ich bestimmt einmal im Jägerregiment dienen werde und er dann zur Musterung kommt und mich knipst.

Wenn die Mama mit dem Auto gefahren ist und den Gerdenitsch Bertl gesehen hat, ist ihr sofort das Geimpfte aufgegangen. Sie hat geschimpft wie ein Rohrspatz und der Tourenzähler hat gleich in den roten Bereich hinaufgedreht. Dass sie aber ausgerechnet das so aufgeregt hat, dass der Bertl in seinem Leben noch keine Schaufel in der Hand gehabt hat, das habe ich damals als Kindergartenkind nicht verstanden. Bei uns hat es ja auch welche gegeben, die lieber in der Puppenecke gespielt haben und nicht in der Sandkiste und die ergo auch noch nie eine Schaufel in der Hand gehabt haben. Die Mama hat sich jedenfalls furchtbar darüber aufregen können. Offensichtlich hat sie eine tiefe Abneigung gehegt gegenüber Männern, die noch nie eine Schaufel in der Hand gehabt haben.

Sie ist dann oft vom Hundertsten ins Tausendste gekommen: „Schau dir dem seine Haxn an, wos der für Krätzn hat überall!“ Und wirklich: Das hat man sogar vom Rücksitz aus sehen können, dass dem Bertl seine Stelzen eine einzige Kraterlandschaft waren, die bleiche Beinhaut überzogen mit Wülsten und Schorfhügeln und hier und da haben auch ein paar Entzündungsherde aufgeleuchtet. Der Bertl hat sich gerne ins Freibad gelegt, wo sich dann in der Wutfantasie von der Mama die Krätzn im Wasser aufgeweicht haben. Ihrer Vorstellung nach sind sie überall herumgeschwommen und den Kindern auf den Taucherbrillen picken geblieben.
„Da nutzt des gaunze Chlor nix!“
Mir hat er dann fast schon wieder leidgetan, der Gerdenitsch Bertl, weil die Mama gar so geschimpft hat über ihn. Dass der Bertl noch gar nicht im Pensionsalter gewesen ist und trotzdem Zeit gehabt hat, dass er sich jeden Tag ins Freibad legt, das hat die Mama scheinbar genauso gewurmt wie die Tatsache, dass er noch keine Schaufel in der Hand gehabt hat. „Vielleicht ist ja eine

Krankheit schuld daran, dass der so fertig ausschaut", habe ich gesagt, „vielleicht hat er ja Lepra." Im Fernsehen habe ich nämlich gesehen, dass dem Ben Hur seine Mutter und Schwester auch überall Krätzen gehabt haben, und das ist damals die Lepra gewesen. Immerhin hat die Mama zumindest eine Ursache für den schlechten Zustand vom Bertl ausschließen können – nämlich, dass das vom Arbeiten kommt.

Die Heilige Dreifaltigkeit: Maxi, Derbi, Hako

„Da schau: Da lass ich mich einstechen, wenn das stimmt!“ So hätte ich damals wahrscheinlich reagiert, wenn mir wer weismachen hätte wollen, dass ausgerechnet ein Ortsschild mein Leben grundlegend verbessern sollte. „Nicht in tausend Jahren!“ Meine Heimatgemeinde Walbersdorf schließt sich nahtlos an Mattersburg an, was bekanntermaßen die Bezirkshauptstadt ist. Wenn du stadtauswärts auf der Eisenstädterstraße den Blinker raushaust und nicht zufällig das Ortstaferl am Fahrbahnrand bemerkst, checkst du nicht einmal, dass du gerade einen Ortswechsel vollzogen hast. So eine eigene Ortstafel bringt viele Vorteile mit sich für die jeweilige Gemeinde. Eine hiesige Freiwillige Feuerwehr, zum Beispiel. Und wenn ich Walbersdorfer Feuerwehr sage, meine ich in erster Linie das Feuerwehrhaus, wo einmal im Jahr beim Feuerwehrheurigen mit Grünem Veltliner gelöscht wird. Oder einen ortseigenen Fußballverein, in unserem Fall die „Laubfrösche“, die auf dem Platz neben dem Betonwerk ihre Trainingseinheiten absolvieren und im Fasching das berühmt-berüchtigte Laubfrösche-Gschnas ausrichten. Aber der wichtigste Vorteil, der mir und allen anderen Jugendlichen in unserem Dorf aus dieser Ortstafel erwachsen ist, war ein Mehr an Raum. Hubraum, um genau zu sein. 50 Kubik laut Typenschein, die uns nur deshalb zugestanden sind, weil wir eine eigene Ortstafel gehabt haben und uns zur Schule, ins Freibad oder zum Fortgehen in die Stadt begeben haben. Dieses regelmäßige Überqueren einer

Ortsgrenze war letztendlich der Grund dafür, dass unsere Eltern irgendwann gesagt haben „Aus, ein Moped kommt ins Haus“, weil sie nicht die ganze Zeit Taxi spielen haben wollen.

Am Moped hast du schon erahnen können, was der Lenker später einmal für ein Mensch wird. Ich hätte jedenfalls noch nicht gehört, dass ein Vespafahrer als Volljähriger in einen frisierten BMW oder einen GTI eingestiegen wäre. Da hätte er sich seine Sporen schon auf einer Derbi verdienen müssen. Und die Maxifahrer sind sowieso vom Moped herunter- und direkt auf den Traktor hinaufgekraxelt, das war auch irgendwie aufgelegt. Einer aus der HAK hat sich einmal mit einer Chopper vor der Schule eingeparkt, einer Aprilia Red Rose mit rotem Taferl. Wenn ein Moperl schon einmal heißt wie eine Schnulze aus dem Wurlitzer, kann man sich schon vorstellen, dass man sich den Mitgliedsbeitrag für die Hells Angels sparen kann. Als wäre die peinliche Gurke nicht schon genug gewesen, ist der Kollege damals auch noch in voller Ledermontur aufgekreuzt. Das ist ungefähr so, wie wenn du dir fürs Planschbecken einen Neoprenanzug anziehst. Den Helm hat er noch nicht richtig abgenommen gehabt, da hat er schon feststellen müssen, dass die Red Rose doch kein so heißer Ofen ist, wie er geglaubt hat. Die Fenster vom Polytechnischen Lehrgang sind nämlich auch alle auf den Parkplatz hinausgegangen.

In der dritten Klasse haben wir auch ohne Uhr gewusst, dass es kurz vor acht sein muss. Um diese Zeit hat ein paar Gassen weiter die Radak Manuela ihre Derbi angerissen. Ihrem Papa hat die Esso-Tankstelle gehört und von daher ist schon einmal klar gewesen, dass die Manuela nicht mit einer Vespa in die Schule kommen wird. Wie fanatische Waffenliebhaber in den USA ihren Kindern eine Pumpgun zum Geburtstag schenken, statten schwermotorisierte Väter bei uns ihren Nachwuchs gerne mit einem frisierten „Gatschhupfer" aus, sobald sich der erste Flaum auf der Oberlippe bildet. Durch den Spruch von der Derbi hat der Herr Radak auch immer gleich gewusst, wo sich die Manuela gerade herumtreibt, was bei einem Mädchen in ihrem Alter bestimmt auch kein Fehler war.

Manche Ortschaften haben einen regelrechten Mopedschwerpunkt gehabt. Pöttelsdorf zum Beispiel. Aus diesem Ort sind die Maxis ausgeschwärmt wie Hornissen aus einem alten Dachboden. Wäre ein Meteorit auf Pöttelsdorf gestürzt, hätte es aus allen Garagen, Hauseinfahrten und Schupfen zu neunzig Prozent Maxis herausgequetscht. Mich hat einmal die Serpentinen zur Burg Forchtenstein hinauf ein Maxi dermaßen gestaubt, dass ich schon überlegt habe, ob ich meine Vespa für immer abwürge und zu Fuß weitergehe. Die Trittpedale auf diesen frisierten Höllengeschossen waren ja nur als Tarnung aufmontiert, um die Kiberer ein bisschen am Schmäh zum halten. Wenn die Füße auf Trittpedalen stehen, wirkt der Hunderter gleich nur mehr wie ein Fünfziger, wenn überhaupt. Was soll ich sagen: österreichische Ingenieurskunst.

Ein weiterer Vorteil vom Maxi war der, dass du keinen Helm gebraucht hast. Ein Maxi mit Helm fahren, ist unter die Kategorie menschliches Versagen gefallen. Da hast du ausgeschaut wie ein Kastanienmanderl auf einem

Zahnstochermoped, der Kopf viel zu groß für das doch eher zarte Vehikel. Das Maxi ist in Pöttelsdorf deshalb so beliebt gewesen, weil es dort sehr viele Bauern gegeben hat. Und was kann es Schöneres geben für eine Bauersfrau, wie mit dem Maxi hinauszufahren auf die Felder und nach ihrem Hansi zu rufen „Hansi, Essen ist fertig!" und dem fleißigen Bauern eine Entschädigung für seinen krummen Rücken in Aussicht zu stellen. Der Bauer auf seinem Maxi, mit Schnürlsamt-Hut und aufgekrempelten Hemdsärmeln, stellt für mich immer noch das personifizierte Heimatgefühl dar. Das tut mir jetzt direkt leid für den Peter Rosegger, dass es seinerzeit in der Waldheimat noch keine Maxis gegeben hat, über die er hätte schreiben können, weil sich dann seine Bücher bestimmt noch besser verkauft hätten. Die Bauern jedenfalls haben auf ihren Mopeds immer recht zufrieden ausgeschaut, wie Viehbarone im Wilden Westen, die ihren Großgrundbesitz mit einem Gefühl innerer Wonne abreiten. Und eh klar: Du schaust hinaus auf Feld und Flur, die du dereinst deinem Stammhalter vermachen wirst, und schwebst mit deinem Maxi auf Wolke sieben. Wie soll's einem da schon gehen?

Die wahren Könige der Hauptstraßen genauso wie Hotterwege sind aber immer schon die Hakofahrer gewesen. Wie ich zum ersten Mal ein Hako gesehen habe, hat mein Sehnerv diesen optischen Reiz zwar an das Gehirn weitergeleitet, das hat damit aber überhaupt nichts anfangen können. Wie ein Mamlas habe ich auf diese Ansammlung von kotigen Metallteilen gestarrt, die scheinbar von einem Menschen gesteuert wird, der dem Gefährt in puncto kotig sein in nichts nachsteht. Beim Hako kann man zwar ein Motorengeräusch hören, ein sehr lautes sogar, aber bewegen tut sich scheinbar nichts. Ein Hako ist so langsam, dass man meinen möchte, es würde sich überhaupt nicht fortbewegen und der Fahrer stattdessen darauf warten, dass die Erdrotation die Straße unter ihm durchschiebt. Deshalb rauchen Hakofahrer auch alle ausnahmslos, um sich ein bisschen die Zeit zu verkürzen. Streng genommen ist das Hako aber nicht einmal ein Moped, sondern eine Motor-Hacke, ein Nutzfahrzeug also, geschaffen für die Feldarbeit. Dass ein paar Revoluzzer damit auch zum ADEG gefahren sind um Wurstsemmeln, oder ins Wirtshaus, ist aber auch kein Wunder: Zweckentfremdungen sind ja am Land schon immer gang und gäbe gewesen, ich sage nur: gefüllte Plastikflaschen als Marderschreck, aufgeschnittene Tennisbälle als Anhängervorrichtungsschutz oder das Lagerhaus als Modezentrale. Deppert ist das jedenfalls nicht, mit einem Hako durch die Gegend zum fahren, weil sich ein jeder sofort denkt, dass da ein fleißiger Mensch kommt, wenn hinten Spaten und Schaufel herausschauen und die Bordwand geschickt das Gösser Märzen verdeckt. Schade nur, dass die Hakos immer mehr von der Bildfläche verschwinden und es kaum mehr irgendwo heißt: „Der schloft in da Pendeluhr!“, bevor dann alles anfängt zum hupen.

Shit, Oida!

Es war ein lauer Sommernachmittag, wie ich in der stickigen Luft eines Turnsaals zum ersten Mal jemanden „Shit“ habe sagen hören. Jeden Dienstag und Freitag haben wir im Turnsaal von der HAK Judo gehabt und aus irgendeinem Grund ist an diesem Tag der Pauschi auf einmal in der Garderobe gestanden. Extrem lässig hat er sich an die Wand angelehnt und mit seinen Kiefern einen Kaugummi malträtiert, dass sich der Morawitz Markus umgedreht hat und nachschauen hat müssen, ob leicht gerade wer mit gatschige Gummistiefel zur Tür hereinkommt. So cool wie der Pauschi in diesem Moment, bist du normalerweise nur am Kirtag in der Mitte vom Tagada oder wenn du deiner Freundin die Amerikafahne geschossen hast. Warum der Pauschi ausgerechnet in unserer Garderobe so lässig sein hat müssen und nicht z. B. auf der Bushaltestelle, wo sich alle Lässigen sonst tagsüber aufgehalten haben, das hat kein Mensch gewusst. Aber der Pauschi hat schon immer seinen eigenen Kopf gehabt, einmal war er da, einmal dort. An jenem schicksalshaften Tag ist er halt zufällig in der Garderobe von der HAK gewesen, wo wir Judo gehabt haben, mit einem Jeans-Gilet mit Adler hinten drauf, die Haare abgeschert – ein sogenannter „Glatzentiger“, wie wir damals zu Typen mit Stoppelglatze gesagt haben – und ein Flinserl hat er auch gehabt, auf dem im Kaurhythmus ein Kreuzerl gezappelt hat.

Und dann auf einmal, wie aus dem Nichts: „Shit!“ Ohne Vorwarnung, ohne einen erkennbaren Grund, einfach so hat der Pauschi auf einmal „Shit“ gesagt. Aber nicht wie man heute „Shit“ sagt, also aus dem Englischen entlehnt, sondern die Abrissbirnen-Version davon: „Schitt!“ Im Nachhinein drängt sich fast der Eindruck auf, der Pauschi wäre extra zu uns in die Garderobe gekommen, nur um einmal vor Publikum „Shit“ zum sagen und ein bisschen Imagepolitur zu betreiben mit diesem Coming-of-Age-Wort. Mir hat das jedenfalls extrem getaugt und ich habe mir gedacht: Bist du, klingt das lässig! Und noch bevor wir uns vor unserem Sensei Drechsler Karl verbeugt haben, habe ich es schon im aktiven Wortschatz drinnen gehabt.

Wie ich dann im Training meine Kampfestechniken erprobt habe – Kesa-gatame, Uki-goshi etc. –, hat man in der Halle nicht nur den dumpfen Aufprall der Körper auf den Judomatten gehört, sondern mit jedem Wurf auch ein deutliches „Shit“. Weil das war ja das Schöne daran: „Shit“ hast du können verwenden im Positiven wie im Negativen. Die Ungarn haben eigens dafür das „baszd meg“ (gesprochen: bosmäg oder bosmäk) erfunden, weil sie glaube ich schon während des Hunnensturms erkannt haben, dass jede Sprache mindestens ein Wort braucht, das man immer sagen kann. Und das „baszd meg“ ist schon auch sehr lässig, muss ich sagen. Wenn ich das damals beim Judo schon aufmagaziniert gehabt hätte, hätte ich beim Drechsler Karl sicherlich den schwarzen Gürtel gemacht. Danke, Eiserner Vorhang! Unser Masseur der Gabor zum Beispiel, wie ich dann schon Basketball gespielt habe, hat das „baszd meg“ in einer derartigen Frequenz herausgelassen, dass du den

Gabor angeschaut und dir sofort „baszd meg“ gedacht hast. Der ist mit dem Wort quasi zu einer Sinneinheit verschmolzen. Was aber das „Shit“ dem „baszd meg“ vorausgehabt hat, waren die Ausbaustufen. Weil aus dem „Shit“ hat sich dann schon bald das „shitten“ herausentwickelt, oder auch das noch konkretere „geh shitten“. Die Ausbaustufen waren jeweils deckungsgleich mit dem Lässigkeitsgrad des Sprechers.

Das coolste Wort, das meine Kumpels und ich im Repertoire gehabt haben, bevor uns der Pauschi das „Shit“ eröffnet hat, war „Oida“. Das habe ich zuhause so oft gesagt, dass ich am Schluss schon eine Woche Fernsehverbot ausgefasst habe für jedes Mal sagen. Wie ich dann mit dem „Shit“ dahergekommen bin, war die Mama direkt erleichtert, weil das endlich einmal etwas anderes war. Sie hat sich damals gedacht: Das ist jetzt bestimmt nur ein Spleen von dem Buben, das geht bald vorbei ... Aber da hat sie sich geschnitten, die Mama, und sich bald selber gedacht: „Shit!“ Weil aus dem Buben ist ein Mann geworden, der heute noch passioniert „Shit“ sagt, zum Beispiel wenn ich wieder Marderspuren auf dem Dachl von meinem Golf entdecke oder mir ein Fredi-Keks im Kakao abbricht. Aber so super wir damals alle das „Shit“ gefunden haben – irgendwann haben wir uns trotzdem gedacht: „Oida, auf was hinauf sollen wir jetzt unser Lieblingswort einfach knicken? Nur weil der Pauschi mit dem ‚Shit‘ daherkommt?“ Und dann haben wir das „Shit, Oida!“ ausgepackt. Das hat nicht einmal der Pauschi kommen sehen und sofort waren wir wieder die Zampanos im Bezirk.

Es sollte jedenfalls nicht das letzte Mal gewesen sein, dass mich die Wortschöpfung eines Älteren in Euphorie versetzt. Ein paar Jahre später hat der Jagenbrein Klaus am Eislaufplatz in Mattersburg ein paar Mädchen einstauben wollen, und weil ihm das nicht so recht gelungen ist, hat er gleich einmal das „scheinen" in die Sprachgeschichte eingeführt. Wenn da ein paar Sachverständige mehr auf dem Eis gewesen wären, hätte es normalerweise gleich einen ordentlichen Klescher machen müssen wegen der Granate, die der Klaus da gezündet hat. Wer einfach als erster Mensch überhaupt „scheinen" sagt, wenn er sich ärgert, der sollte es eigentlich gar nicht nötig haben, in der Balz Mädchen einstauben zu müssen. Der Klaus hat aber seinen lexikalen Triumph nicht mehr auskosten können, weil ihn der Zeltner Hans, was damals der Eiswart gewesen ist, gleich zum Papierlklauben heruntergewachelt hat. Wie das „Shit" gibt's auch das „scheinen" in der Ausbaustufe „geh scheinen", da liegen oft nur Nuancen dazwischen. „Scheinen" hast du zum Beispiel gesagt, wenn du beim Klassenmatch im 16er oder im 5er eine Hunderterchance ausgelassen hast, und „geh scheinen", wenn du den Stanglpass dafür gespielt hast und ein anderer die Chance vergeigt hat. Was soll ich sagen: Wir haben halt damals noch die feine Klinge geführt.

Der Hans Knauss hat einmal gemeint, dass er es mit vier Wörtern weit gebracht hat im Leben: seawas, pfiat di, bitte, danke. Ich halte es mir und meiner Generation zugute, dass wir nur drei Wörter dafür gebraucht haben.

Espandrillos

Wenn der Winter Einzug hält und die Temperaturen in den Keller sinken, schlupfe ich gerne in meine Giessweins. Die sind so warm und gemütlich, dass es mich direkt beutelt vor lauter Behagen. Sie sind aerodynamisch geschnitten und gehen tu ich mich auch super damit, muss ich sagen. Es ist dann meine lässige Eigenart, die Füße auf den Tisch zu legen, weil ich besser nachdenken kann, wenn mir das Kreuz nicht so weh tut. Und selbst da ziehe ich meine Giessweins nicht aus, das fange ich mir gar nicht erst an, dass ich da herausschlupfe, weil Socken oder Giessweins, das ist dann auch schon wurscht, wenn man so ein Scheißmichnichts ist wie ich. Sorgen heute also die Giessweins dafür, dass ich mir auf den kalten Laminatböden keine Blasenentzündung hole, waren es damals in der Schule noch Espandrillos, die meine bodennahen Organe gegen die Kälte des Linoleums geschützt haben.

Bei den Hausschuhen sind wir damals richtige Copycats gewesen. Jeder hat akkurat die haben wollen, die alle anderen auch gehabt haben. Wobei die Betonung auf „alle“ liegt, also auf der Mehrheit, und nicht auf den „anderen“, den Sonderlingen, Außenseitern und Deschecks, die am ersten Schultag in den ausgemusterten Schnürlsamtschlapfen vom Opa hereingeschwommen sind oder die durchsichtigen Plastiksandalen aus Lignano ausgetragen haben. Nein, Espandrillos haben es sein müssen! Ich gebe es zu: Am Anfang waren mir die Patschen suspekt, schon allein wegen der lautlichen Nähe zum

„Dillo“, die kein Mensch brauchen kann, wenn er im neuen Schul- und Aufrissjahr ordentlich aufgeigen will. Noch dazu haben auch meine Eltern auf einmal die Espandrillos richtig „gierig“ gefunden, weil der Don Johnson in Miami Vice welche angehabt hat.

Die Espandrillos waren dann die ersten Schuhe, die ich mir nicht aus dem Schuhgeschäft geholt habe, sondern vom Gehsteig davor: In der Schütte mit der Aktionsware hat man so lange herumgestierlt, bis man die richtige Größe erwischt hat. Gekostet haben die Patschen ungefähr so viel wie zwei Leberkässemmeln und ein Zischfrisch Keli. Da hat es leicht sein können, dass sie sich schon aufgelöst haben, wenn man sie zuhause aus dem Reno-Sackerl herausgeholt hat. In der Schule waren aufgelöste Espandrillos eine Gratwanderung. Ein bisserl aufgelöst: lässig. Zu arg aufgelöst: nicht lässig. Ein bisserl aufgelöst: Sohlenfransen, grauperte, abstehende Fasern, heute würde man vielleicht Used-Look dazu sagen. Zu arg aufgelöst: Sohlen-Dreadlocks (als wäre man auf einen Greenpeace-Kolporteur draufgestiegen).
Dazugehört hat man aber erst, wenn man die Espandrillos beschriftet hat. Damals das Um und Auf waren Anti-Establishment-Sprüche: „Fruchtpalette for President“, „Piss, Piss, Piss“ (in Kombi mit dem Peace-Zeichen), „Sharon Stone“. Schüler mit Agrar-Background waren da weniger kritisch, dafür aber umso lebensbejahender: „Cola-Rum“, „Bonanza“, „Sharon Stone“. Und natürlich die Sportler: „Rapid“, „Austria“, „Thomas Muster“, „Sharon Stone“.

Die Espandrillos haben eine eigene Art der Fortbewegung eingefordert, man hat nicht normal gehen können

damit, so wie ich heute mit meinen Giessweins zum Beispiel. Nein, man hat gezirfelt, weil man ja in die Espandrillos hineingeschlupft ist wie in Schlapfen. Und das hat gepasst, weil mit dem Zirfeln ist ja auch eine Haltung zum Ausdruck gebracht worden: „Schauts her, ich scheiß mich nichts, ich könnt ganz normal gehen, aber genau deshalb tu ich's nicht, weil ihr das von mir erwartets. Sicher nicht – ich zirfle."
Mein Opa hat auch gezirfelt, aber nicht beim Gehen, sondern beim Häuptelsalat, wo die Oma immer eine Spur zu viel Marinade angerührt hat. Sicher, er hätte den Häuptelsalat ganz normal essen können, wie alle anderen auch, aber der Opa hat ein Statement setzen wollen und Haltung gezeigt: „Schau her, Mutti, ich scheiß mich nichts, ich könnt den dertränkten Häuptelsalat ganz normal essen, aber genau deshalb tu ich's nicht, weil ihr das von mir erwartets, sicher nicht – ich zirfle."

Wer in seinem ganzen Leben nicht von einem lässig aus dem Fußgelenk abgefeuerten Espandrillo getroffen worden ist, hat die 80er- und frühen 90er-Jahre nicht erlebt. Von einem Schuh getroffen zu werden, ist überhaupt ein leider aus der Mode gekommener Ritterschlag, der heute nur mehr niederem Getier vorbehalten ist. Der letzte öffentlich bekannte Fall eines Schuhshootings hat sich 2003 zugetragen, wo der Sir Alex Ferguson vor lauter Zorn angerissen und dem David Beckham einen Schuh ins Gesicht geschossen hat. Insider behaupten, dass der modebewusste Beckham nur deshalb angefressen war auf den Sir Alex, weil es sich bei dem Schuh um keinen Espandrillo gehandelt hat.

Schulbuffet olé

Am meisten sind mir die am Wecker gegangen, die tagein tagaus immer dieselbe Jause mitgehabt haben. Als täte es auf der ganzen Welt nichts Besseres geben als ein zusammengepicktes Käsebrot oder ein schwitzertes Leberpastetenbrot. Und genau denen hat es dann auch immer am besten geschmeckt: „Mmmh, was haben wir denn da, na da schau her, ein Käsebrot, mmmh!" Manchmal haben sie sogar die Serviette mitgefressen, ohne dass sie es gemerkt haben, weil sie auf den feuchten Wursträdern durchsichtig geworden ist. Ganz anders die Coolen: Die haben überhaupt keine Jause mitgehabt. Nur ein paar Schilling, mit denen sie das Essen am Schulbuffet selber erlegen haben müssen.

Am Gymnasium Mattersburg war das Schulbuffet ein von den Verantwortlichen geschickt eingesetztes Mittel zur Aufmüpfigenzähmung. In Kombination mit den verstreichenden Minuten der großen Pause hat im Gehirn der Heranwachsenden ein unbändiger Hunger Stressreaktionen ausgelöst, die nur durch den Zuckergehalt einer Frucade oder ein den Blutzucker stabilisierendes Nussini gemildert werden haben können. Was so ein Blutzuckersturz bewirken kann, habe ich selber hautnah erlebt, bei meiner Angelobung am Sportplatz von Mischendorf. Es war damals ein sonniger Augusttag und während der Live-Performance der Militärkapelle sind ein paar von uns umgefallen wie die Holzscheitel, leblos und plump, als hätten ihnen die Blechblasinstrumente die Seele aus dem Leib gescheucht. Aber nicht, dass einer von den Kameraden, die gleich danebengestanden sind in Reih und Glied, vielleicht einen Finger gerührt hätte. So waren die Elenden gezwungen, den Mischendorfer Outlinien-Kalk einzuatmen, bis sich irgendwann ein Sani erbarmt hat und sie abtransportieren hat lassen.

Schauergeschichten dieser Art haben sich auch vorm Schulbuffet zugetragen. Da ist den Zusammenbrechenden auch nicht geholfen worden, weil wir Angst davor gehabt haben, unseren Platz in der Schlange zu verlieren. Es war eine unfreiwillige Seilschaft, in die man sich in der Warteschlange vorm Schulbuffet begeben hat. Aus den höheren Klassen sind mordlustige Raubvögel herabgestürzt und haben sich die jungen Lämmer gekrallt, um sie auf den kalten Fliesen des Schulganges abzuwerfen und dann ihren Platz in der Schlange zu okkupieren. Es war ein Teufelskreis: Immer hat es die Kleinen, Dünnen und Schwachen erwischt, die sich dann wieder hintanstellen haben müssen und so nie ans Futter gekommen sind, obwohl sie es doch am meisten gebraucht hätten. Wie aus dem Nest gefallene Küken haben sie mit aufgerissenen Schnäbeln im Halbdunkel des Schulganges die Hälse gereckt.

Der Schulwart war das Faktotum im Gemeinwesen einer Bildungsanstalt. Mit absoluter Macht hat er über das Buffet geherrscht. Nicht Lehrer, nicht Schüler, hat dieser Außenseiter im Arbeitsmantel am Buffet seinen Hang zum Despotismus ausgelebt. Indirekt hat der Schulwart über Leben und Tod bestimmt: Durch eine gefinkelte Preispolitik hat er Taschengeld-Spekulanten in den Ruin getrieben und je nach Sympathie entschieden, wer satt wird und wer hungern muss. Hat man es geschafft, nach der Pausenglocke beim Buffet noch etwas abzustauben, war das der größte vorstellbare Clou, ein Meilenstein in der persönlichen Entwicklung. Nichts hat jemals so gut geschmeckt wie ein Post-Pausenglocken-Snack, von einem missgünstigen Schulwart überlassen wie ein verschmähtes Stück Aas.

Die Jause an den Schulbuffets der 80er- und 90er-Jahre ist nach dem Prinzip der „3 Extras“ zubereitet worden: Extrawurst, extra Wurst und extra viel Salz am Stangerl. In der HAK zum Beispiel haben sie gar keine Wursträder mehr verwendet, sondern schon großkalibrige Wurstkeile, die der Schulwart und die Buffet-Damen seitlich in die Teigwaren getrieben haben. Die Salzstangerl und Kornspitze waren dann derartig prall gefüllt, dass sie mit einer Serviette haben verschraubt werden müssen, weil sich sonst das posthume Keilschwein wieder verabschiedet hätte. Die Delikatessgurkerl waren eingezwickt wie Nilkrokodile unter einem gestürzten Obelisken und das Käseplatterl hat sich unter dem Schraubdruck der Serviette angefangen zum aufrollen. Dass so ein Apparat in der Magengrube ordentlich nacharbeitet, kann man sich leicht vorstellen. Die Unterrichtseinheit nach der großen Pause hat dann maximal fünf Minuten gedauert. Wurstsalzstangerl waren die Patronen im Betäubungsgewehr, mit dem der Schulwart uns einen nach dem anderen ausgeknipst hat.

Aus dem Fresskoma sind wir erst durch den Zuckerschock wieder erwacht. Es ist ja nicht von irgendwoher so viel Salz auf den Stangerln gepickt. Ausdörren hat es uns sollen und richtig durstig machen. In Scharen sind wir zum Cola-Automaten gepilgert und wenn der leer war, ist uns nur mehr der Kaffeeautomat geblieben. Wenn schon kein Zucker, dann wenigstens Koffein. Da hat es einem leicht passieren können, dass man bleiern vor Müdigkeit den falschen Knopf drückt und statt einem Espresso eine Nudelsuppe ins Becherl tröpfelt. Ich bin einmal halbert erstickt an den fünf Nudeln, die wie leblose Fische in dem bacherlwarmen Aromawasser herumgeschwommen sind.

Unsere Schulbuffets waren wie Sportplatzkantinen mit Alkoholverbot. Was aber die Vollprofis nicht davon abhalten hat können, sich trotzdem ein gepflegtes Cola-Rum zum mischen. Die Wulkaprodersdorfer waren so etwas wie die Moonshiner unserer Generation. In der großen Pause hat einmal ein Wulkaprodersdorfer zwei Sackerl Casali Rumkugeln geknackt wie rohe Eier, um an den kostbaren Inhalt zu gelangen, mit dem er sich dann sein Coca Cola veredelt hat. Grenzgenial! Ein anderer hat sich beim Wandertag sein Isostar in lauter leere Underberg-Flaschln abgefüllt, wo dann der Herr Professor neugierig nachgefragt hat, was mit dem Originalinhalt passiert ist.

Abschließend kann man sagen: Das Schulbuffet hat ordentlich in unsere DNA eingegriffen. Es hat unseren Verdauungsapparat umprogrammiert, den Stoffwechsel abgeregt und unser Hautbild verändert, es hat uns kreativ gemacht (Anwendung diverser Fingertechniken, um das aufgeschraubte Wurstsalzstangerl in seinen Einzelkomponenten zusammenzuhalten) und uns chronische Krankheiten auf den Lebensweg mitgegeben: Diabetes,

Karies, Herz-Kreislauferkrankungen etc. Und, fast hätte ich's vergessen, eine tiefgehende Aversion gegen Nudelsuppe.

Derf i mit dein Radl foahn?

Als Kind habe ich erst relativ spät übernasert, dass das Nöm-Mix-Becherl beim Joghurt dabei ist, d. h. im Preis inkludiert, und dass ich es nicht als Leergebinde zurückgeben muss. Das war ein ziemlicher Geistesblitz und ich habe mir gleich vorgestellt, wie ich haufenweise Nöm-Mix-Becherl sammle und irgendwann mein eigenes Nöm-Mix-Becherl-Geschäft[12] eröffne. Bis ich eines Tages einen Radfahrer dabei beobachtet habe, wie er aus seiner Radfahrerflasche trinkt, habe ich aber nicht gewusst, was ich mit den leeren Nöm-Mix-Becherln tatsächlich anfangen soll. Ich bin ja noch in keinem geschäftsfähigen Alter gewesen. Und dann ist es mir auf einmal eingeschossen: Eigentlich könnte ich mir so ein Becherl mit Wasser anfüllen und kommod hinten am Packlträger einzwicken, dann wäre der Flüssigkeitshaushalt gesichert und ich müsste auf meinen Streifzügen nicht immer heimfahren zum Trinken, was ärgerlich genug gewesen ist, wenn ich zum Beispiel mit meinen Freunden gerade eine Vogelbestattung durchgeführt habe.[13]

Einen Flaschenhalter samt Trinkflasche hat es jedenfalls nicht gespielt. Da habe ich die Oma zwar ordentlich buseriert, aber sie hat gemeint, dass es so etwas am Jahrmarkt nicht gibt. Gott sei Dank habe ich meine Nöm-Mix-Becherl, habe ich mir damals gedacht. Aber es heißt nicht umsonst: Wenn es einem hineinscheißt, dann gleich ordentlich. Wie ich nämlich vor Motivation strotzend mit meinem Wasserversorgungssystem in die Entwicklungsphase gehe, zerquetscht es mir gleich einmal ein Nöm-Mix-Becherl nach dem anderen, weil die Feder vom Packlträger derartig stark eingestellt war, dass du damit Zementsäcke befördern hättest können. Der Henry Ford hat bei der Konstruktion seiner Automobile nie aufgegeben und irgendwann stolz den V8-Motor präsentiert und auch ich habe mit Ach und Krach noch meinen Prototypen auf die Straße gebracht. Aber schon beim Abbiegen auf die Rosengasse habe ich nur mehr einen Norgel im Nöm-Mix-Becherl drinnen gehabt, weil ich ein eher turbulentes Fahrverhalten an den Tag gelegt habe und so ein abgeschleckter Aludeckel auch nicht gescheit abdichtet.

Kurz darauf habe ich einen zweiten Geistesblitz gehabt. Ich bin draufgekommen, dass man das leere Rumfassl vom Schöller-Eis auch nicht zurückgeben braucht. Im Unterschied zum Nöm-Mix-Becherl ist das Rumfassl oben und unten ein bisschen schmäler, da hält sich das Wasser bestimmt länger drin und wird nicht so leicht verschüttet, habe ich mir gedacht. Und wirklich: Mit dem Rumfassl bin ich sogar bis ans Ende von der Rosengasse gekommen. Insgesamt waren meine Prototypen aber einfach nicht serientauglich, weil ich im Sitzen sowieso nicht gescheit auf den Packlträger zurückgeglängt habe. Aber da ist mir eh schon alles wurscht gewesen. Und für mein blaues Radl habe ich mich auch geniert. Mit seiner sperrigen Lenkstange ist es nicht mehr zeitgemäß gewesen, ein unattraktives Auslaufmodell. Glaubst du, einmal hätte mich wer gefragt, ob er mit meinem Radl fahren darf? Das einzig Coole an dem Rad waren am Ende nur mehr die Bremsspuren, die ich via Rücktrittbremse in den Schotter gezaubert habe.

Wie ich dann schon meinen Dreiradler reaktivieren will, kriege ich zum Geburtstag auf einmal ein Raumschiff geschenkt: keine Kotflügel, kein Packlträger, eine Lenkstange mit Schutzpolsterung, blaue Stoppelreifen und sogar Gummizapferl auf jedem einzelnen Stoppel drauf. Und das Beste an meinem neuen BMX-Rad: Du hast zurücktreten können. Dass man beim Zurücktreten keine Vollbremsung mehr hinlegt, war dermaßen revolutionär, dass ich in der ersten Woche am BMX ausschließlich zurückgetreten habe und mich bis heute wundere, wie ich überhaupt irgendwo hinfahren habe können.

Der Papa hat damals die Vision gehabt, dass ich eines Tages Speedway-Fahrer werden soll. Voll motiviert hat er mich dann gleich beim ersten Mattersburger BMX-Rennen angemeldet, als sanften Einstieg quasi. Aber schon beim ersten Hindernis habe ich eine derartige Breze gerissen, dass mein Vorderreifen einen 8er gehabt hat. Kein Wunder, bei dem Parcours ist mir der ideologische Sprung einfach zu groß gewesen. Normalerweise sind wir die Holzstaffeln ja immer mit der Scheibtruhe hinauf, und jetzt auf einmal mit dem Radl, oder wie? Und wenn du im Sport einmal zum überlegen anfängst, dann hast du schon verloren. Nach langem Hin und Her habe ich schließlich meinen Rücktritt erklärt und die BMX-Reifen an den Nagel gehängt, also wettkampfmäßig. Ich habe mir dann aus dem Baumarkt eine Elektrohupe gecheckt, die alle Stückln gespielt hat, d. h. das Polizei-, Rettungs- und Feuerwehr-Folgetonhorn. Damit bin ich dann grob im Bereich Sonnwendgasse/Rosengasse Einsätze gefahren. Die pensionierten Nachbarn sind bestimmt heilfroh gewesen, dass es jemanden gibt, der ein wachsames Auge auf die Gegend hat und sie in aller Ruhe ihr Mittagsschlaferl halten können.

Eigentlich habe ich die Fahrrad-Evolution aber korrekt durchlaufen. Von meinem blauen Auslaufmodell habe ich folgerichtig umsteigen wollen auf ein Gangrad. Mit meinen Nöm-Mix-Becherln und Rumfassln habe ich aber derartig viel Zeit verplempert, dass auf einmal schon die BMX-Radln da waren. Aber natürlich habe ich trotzdem auf ein Gangrad gespechtelt, logo, auch wie ich dann schon mein BMX gehabt habe. Und eh klar: Wenn sogar die Kollegen von der Blasmusik und Jugendfeuerwehr auf ihren Gangrädern dahergekommen sind wie der Airwolf! In der Parallelgasse hat einer gewohnt mit Gangrad – ein smaragdgrünes Juwel, das im Sonnenlicht geschimmert und geglänzt hat. Ich sage es ganz ehrlich: Dem bin ich sein Rad bis heute neidig. Es war mit Abstand das schönste Rad, was ich jemals gesehen habe. Er selbst war einer von denen, die immer dahergerollt sind. Egal wo du den angetroffen hast, er ist immer seelenruhig am Sattel gesessen und auf seinem Gangrad dahergerollt. Keiner von uns hat ihn auch nur ein einziges Mal treten gesehen. Einmal ist er sogar die Wiener Straße hinaufgerollt. Wie er das gemacht hat, weiß ich bis heute nicht. Aber da hat man einmal sehen können, was mit so einem Rad alles möglich war.

Mit den nach unten geschwungenen Griffen bist du mit dem Gangrad zu einer einzigen Stromlinie verschmolzen, Leibesfülle hin oder her. Wie dann die ersten Rebellen im Ort auch noch die Lenker zu Hörnern aufgekippt haben, habe ich bestimmt zwei Wochen kein Auge mehr zugemacht. Dieser Kunstgriff ist einfach nicht mehr zum toppen gewesen. Da hast du können dein Rad frisieren, wie du willst – mit Rückenlehne, Antenne[14] oder mit so komischen Kugerln in den Speichen. Ich bin damals selbst Zeuge gewesen, wie sich der Zeltner Chri mit dem aufgekippten Lenker einen Steilhang hinuntergelassen hat, den sich die meisten von uns nicht einmal zu Fuß zugetraut hätten. Bis heute ist der Zeltner Chri für mich ein Superhero.

Es hat alles nichts genützt. Ich habe die Coolness eines Zeltner Chri nicht mehr erreichen können. Ich war an das falsche Rad gefesselt. Sicher, es hat auch BMX-Legenden gegeben: In Wiesen zum Beispiel soll ein gewisser Sascha die Rote Erde hinuntergeteufelt sein, mit einem BMX ohne Bremsen. Unten hat er sich dann dermaßen eingeschliffen, dass es ihm ein Loch in die Sohle gebrannt hat. Aber das ist ja keine Kunst, immerhin waren BMX-Räder fürs Gelände gemacht, nicht wie das Gangrad, das eindeutig auf die Straße gehört. Es ist mir nichts anderes übriggeblieben, ich habe durchbeißen müssen bis zur nächsten Offenbarung, bis in der Auslage vom Pinter irgendwann das erste Mountainbike gestanden ist. Und dann hat es noch einmal geheißen durchbeißen, bis ich auch eines gekriegt habe. Weil so war das damals in den 80ern: Da hast du zuerst beweisen müssen, dass du es wirklich willst, bevor du es bekommen hast.

12 Ein Geschäft aufmachen war das höchste der Gefühle in der noch unbedarften Knabenfantasie, wenn es um die Frage gegangen ist: Was willst du denn später einmal machen? Nicht, dass irgendwer jemals geantwortet hätte: Ich möchte ein Geschäft aufmachen. Aber das Lebensmodell „Geschäftsinhaber" war durchaus ein reizvolles. Geschäftsinhaber waren gemachte Menschen, die haben sich keine Sorgen mehr machen müssen um irgendwas, sie haben es geschafft und sind ganz oben angekommen. Was will man denn mehr? (Zwei Geschäfte?!) Der eigentliche Reiz von Geschäften war ja, dass es dort von etwas Bestimmtem sehr viel gegeben hat: Lebensmittel, Elektrogeräte, Sportartikel. Und viel von ein und derselben Sache hat eine magische Anziehungskraft auf uns Kinder ausgeübt: ein Sackerl gefüllt mit Hundertschaften Glasmurmeln, ein Packerl Bundesheermanderl, Gummibären in vielen verschiedenen Farben. Egal was, Hauptsache viel davon. Pommes frites fallen mir gach noch ein, Matchboxautos und Minikracher. Im Grunde sind alle Kinder Kapitalisten.
13 Vogelbestattungen waren damals ein beliebtes Ritual unter uns Heranwachsenden. Hat man eine tote Amsel oder einen verwelkten Spatz gefunden, ist man sofort zum Altpapiercontainer geradelt, eine Schachtel holen. Die hat man dann mit Blättern und Gras ausgepolstert und den toten Vogel darauf gebettet, bevor man ihn dann unter einem Strauch oder auf freiem Feld begraben hat. Vogelkadaver waren so etwas wie die Pokémons der Generation 77/78 – wir waren auch immer ganz aufgeregt, wenn wir einen gefunden haben.
14 Was haben die Heinis mit einer Antenne am Packlträger eigentlich empfangen, außer ein Packerl Hauswatschn an der nächsten Ecke?

Pausenkätsch

Im Sommer haben mich die Eltern oft nach Mörbisch gebracht, was mir sehr getaugt hat, weil ich dann mit meinem Cousin, dem Luckenberger Ronnie, Zeit verbringen habe können. Der hat genau wie ich einen Bogen gehabt, da sind wir dann immer in den Wald gegangen und haben auf Bäume geschossen. Die Pfeilspitzen waren aber nur für Strohscheiben gedacht und von daher ist das eher ein trauriges Schauspiel gewesen. Bis ich bei einem Schulfreund ein Metalltrumm aus dem Zweiten Weltkrieg, was ich in einem Acker gefunden habe, gegen eine sogenannte „Jagdspitze" eingetauscht habe. Die war zum Draufschrauben und der Pfeil hat dann gleich ausgeschaut wie aus einem Rambo-Film. Dann waren wir beim nächsten Mal schon die Kings im Wald, der Ronnie und ich. Beim Montieren habe ich mir gleich ordentlich den Finger eingeschnitten, so scharf ist die Spitze gewesen. Für mein Standing in unserer Bande hat dieser Zwischenfall aber keine Konsequenzen gehabt. Ich habe mir beinhart das Blut abgeschleckt und den Pfeil mit der Jagdspitze demonstrativ in den nächstbesten Baum gepfeffert. Da ist dann gar keine Zeit geblieben, dass beim Ronnie irgendwelche Zweifel aufkommen hätten können hinsichtlich meiner Rambo-Mentalität.

Wenn ich heute an den Mörbischer Wald zurückdenke, kommt er mir sehr urig vor, mit hohen, mächtigen Bäumen und Lianen und einem beinahe schon undurchdringlichen Dickicht. Das war schon aufregend für uns

Kinder, wie wir da mit unseren Bogen herumgekräult sind und alles unter Kontrolle gehabt haben. Wie wir einmal durch den Wald patrouillieren, kreuzt auf einmal eine Schlange unseren Weg. Ich habe bis dahin nur Blindschleichen live gesehen, was ungefähr denselben Excitement-Faktor hat, wie die Begegnung mit einem Regenwurm. Ganz anders diese Schlange. Langsam und bedächtig ist sie unter einem Strauch herausgeschlängelt, direkt unsympathisch. Aber auch furchtlos, weil sie ja selber ganz genau gewusst hat, dass sie in diesen Breiten als ein wahres Prachtexemplar von einer Schlange gilt. Ich jedenfalls war sofort in Alarmbereitschaft und habe den Pfeil mit der Jagdspitze eingespannt, weil das ja unser Wald war und die Schlange gar nicht glauben hat brauchen, dass sie uns da einfach ungestraft schneiden kann und das keine Konsequenzen hat. Aber der Ronnie ist total cool geblieben, fast schon gelangweilt, so wie ich bei einem Blindschleichl. Lapidar hat er festgestellt: „A Schlaungerin." Ich habe mich dann gleich erkundigt beim Ronnie, was er genau meint, wenn er dieses komische Wort sagt. Sprachlich war ich von Mörbisch ja einiges gewohnt, ich habe mir zum Beispiel am „Kirito" ein Langos geholt und in der „Kira" eine Hostie. Und dass man in Mörbisch nicht „und" sagt, sondern „amd", habe ich auch schon gewusst. Aber dass die nicht nur bei der „Spinnerin" gendern, sondern auch eine „Schlaungerin" haben, das war selbst mir neu.

Ich habe ja immer geglaubt, dass die eigentliche Hochburg der Dialektalfärbung Rohrbach sein muss. Mit dem Guttmann Johannes, der jetzt fix beim Bundesheer ist, habe ich schließlich ein weiteres Prachtexemplar in meiner Klasse gehabt. Und anhand vom Guttmann

Johannes hat sich damals schon gezeigt, dass die Rohrbacher tatsächlich eine andere Sprache sprechen. Auch körperlich, wie man am Pausenkätsch Guttmann Johannes gegen Fleischhacker Michael gesehen hat. Dieser Kätsch hat sich als „Fly vs. Guttl" in das Gedächtnis einer ganzen Generation eingebrannt. So etwas haben wir allesamt noch nicht gesehen gehabt. Ein durchschnittlicher Pausenkätsch ist mit Magenreibern und Schwitzkästen ganz gut über die Runden gekommen und hat trotzdem gute Unterhaltung geboten für ein Publikum von bis zu zehn Schaulustigen. Das Ganze hat sich dann so abgespielt, dass zuerst geschimpft worden ist und sich die Schimpferei dann immer mehr intensiviert hat, bis auf einmal die erste Watsche durch den Schulgang gehallt ist, meistens eine harmlose Gnack-Watsche. Wenn dann zufällig gerade wer mit seinem Wurstkornspitz und der Frucade vom Buffet zurückkommen ist, hat der dann gleich „Ein Kätsch, ein Kätsch!" geschrien und schon war der Rahmen gesetzt für eine handfeste Auseinandersetzung. Das Ganze hat meistens nur ein, zwei Minuten gedauert, bevor der Gangdienst die zwei Raufhansln auseinanderdividiert und zum Direx geschickt hat.

Ganz anders „Fly vs. Guttl". Schon alleine von den Duellisten her ist klar gewesen, dass das nicht so glimpflich verlaufen wird. Der Fly hat mit seinem Mittelscheitel und den Brillen immer recht brav ausgeschaut und ist auch sonst eher ruhig und freundlich gewesen. Wenn man aber beim Turnen genau hingeschaut hat, sind einem schnell dem Fly seine Beine ins Auge gestochen. Wer damit einen Arschtritt gekriegt hat, hat sich gratulieren können. Im Seewinkel, wo der Fly her ist, müssen sie nämlich oft Gurkerl brocken und wenn man da ein paar Stunden in der Hocke zubringt, kann man sich vorstellen, was da auf einem Oberschenkel zusammenkommt. Wie das dann ausschaut, wenn jemand wie der Fly ordentlich anraucht, davon hat man sich bei den Klassenmatches im Turnunterricht ein Bild machen können. Der Fly hat nämlich nicht nur mit brachialer Urgewalt hinten die Bälle weggedroschen, sondern vorne auch ganz präzise einnetzen können. Eine tödliche Kombination. Ähnliche Qualitäten hat er auch beim Faustkampf an den Tag gelegt, wie der Guttl an diesem denkwürdigen Tag schnell in Erfahrung gebracht hat. Aber der Guttl war selbst auch kein Kind von Traurigkeit. Wenn wir im Turnen zehnmal um das Seminar laufen haben dürfen, damit wir eine Kondi kriegen, hat der Guttl die letzte Runde schon angerissen, da ist der Pröll Fredi, der einmal in der großen Pause ganz alleine eine Bisquit-Roulade gegessen hat, gerade einmal in den Laufschritt gefallen. Demgemäß war der Guttl von Haus aus ein ziemliches Viech und hat gegenüber dem Fly auch noch den Vorteil gehabt, dass er aus Rohrbach stammt, wo die Sitten viel rauer sind als in Pamhagen, wo der Fly her ist. Davon hat man aber im Kätsch überraschenderweise nichts gemerkt.

Den Kätsch „Fly vs. Guttl“ hat niemand kommen sehen. Auf einmal ist es zugegangen wie bei den Hottentotten! Wenn ich sage Faustkampf, dann wird man schon erahnen können, dass es da mit einer Gnackwatsche nicht weit her gewesen ist. Kurzum: Die zwei haben sich eingeschenkt, als ob es kein Morgen gäbe. Ich habe in Zeitlupe gesehen – wirklich, kein Schmäh! –, wie der Fly den Guttl am Kragen packt und die Seewinkler Gurkerl-Faust in Richtung Gesicht ausfährt, in der Aggressionsphase aber die Behändigkeit vom Guttl unterschätzt und volles Karacho in den Fensterrahmen hineindrischt. Der ist aus Aluminium gewesen und sowohl der Rahmen als auch dem Fly seine Hand hätten normalerweise hin sein müssen, aber der Fly hat das nicht einmal gespürt. Woran ich mich auch noch genau erinnern kann, sind die roten Wangerl, die der Fly und der Guttl den ganzen Raufhandel über gehabt haben. Das wird wahrscheinlich das Kampfesfieber gewesen sein.

Wer den Kätsch letztendlich gewonnen hat, lässt sich nicht mehr sagen. Und das ist auch gut so. Bei so einem Kampf der Titanen kann es nämlich nur Gewinner geben: die Kämpfer selbst, die sich tapfer geschlagen haben; wir, die wir dabei sein haben dürfen; und der Gangdienst, der so etwas mit Sicherheit auch noch nicht gesehen hat. In Wahrheit haben wir da zwei Kriegern bei der Ausübung ihres Handwerks zugeschaut. Ich traue mich wetten, dass sich die meisten von uns gleich Notizen gemacht haben, was den modernen Nahkampf im Klassenraum betrifft, und es würde mich nicht wundern, wenn sich das eine oder andere Mädchen nicht „Fly" respektive „Guttl" mit einem rosaroten Kugelschreiber in die Din-A4-Mappe geschrieben hätte.

So. Das passiert einem, wenn man von der Rohrbacher Klangfärbung handeln will – man gleitet unweigerlich ins Brutale ab. Was ich eigentlich sagen will: Ich habe immer geglaubt, dass die in Rohrbach gscherter sind wie die Mörbischer. Aber ähnlich wie bei „Fly vs. Guttl" glaube ich heute, dass es auch in dieser Streitfrage keinen Sieger geben kann.

Skikurs

Obertauern. Vielen ein Begriff, wenn es um perfekte Pistenverhältnisse und ausgedehnte Abfahrten geht. Für uns aber war es das gelobte Land, ein Sehnsuchtsort mit schneebedeckten Gipfeln, ein Panorama pubertärer Hormonwallungen. Von dem Zeitpunkt an, wo wir gewusst haben, dass wir auf Skikurs fahren, haben wir zwar vermutet, dass es wahrscheinlich Temperaturen um den Gefrierpunkt haben wird, aber rein vom Gefühl her war Obertauern eine Südseeinsel, mit sonnigen Stränden und schattigen Palmen, eine Insel der Unschuld, ein Eiland reinster Liebe. Hier würden wir stranden, ausgespuckt vom Ozean der Gefühle, angespült von den Fluten der Leidenschaft, und mit Palmenblättern bekleidet unsere Sexualität erforschen und vielleicht nie wieder in die Zivilisation zurückkehren.

Auf dem Weg ins Paradies haben die Professoren zunächst einmal die Zimmereinteilung vorgenommen. Wir haben sofort angefangen zum fantasieren und uns ein klassenübergreifenes Konglomerat aller Schönheiten vorgestellt, mit Sylvia, Nicole und Sabine, die gemeinsam in einem Tempel der Begehrlichkeit residieren, wo wir sie ehrfürchtig anbeten dürften. Aber natürlich waren die schönsten Mädchen nie beste Freundinnen, im Gegenteil, sie waren erbitterte Gegner im Kampf um die kollektive Aufmerksamkeit. Sie haben sich kein gemeinsames Zimmer genommen, sondern jede für sich mit Kammerzofen umgeben, die ihre Schönheit noch mehr zum Strahlen gebracht haben, durch ein – sagen wir einmal – gewisses Gefälle im äußeren Erscheinungsbild. Letztlich haben aber beide Seiten davon profitiert: Die Schönheiten haben noch stärker gestrahlt und die Kammerzofen einen begehrten Platz an der Sonne ergattert.

Natürlich ist im Bus fleißig angebandelt worden und auf Höhe Semmering sind schon die ersten Liebespaare zusammengekommen. Da hat man schön beobachten können, wie sich die Protagonisten durch den Bus verschieben wie in einem Schachspiel, bis Dame und König in einer verheißungsvollen Pattsituation gelandet sind. Frühbeziehungen dieser Art haben aber das Risiko geborgen, dass die Pärchen durch eine ungünstige Gruppeneinteilung auseinandergerissen werden. Die Unglücklichen haben sich dann durch das Glas der Liftgondeln ordentlich angeschmachtet, dass drinnen nur so die Scheiben angelaufen sind.

Ich bin damals zum ersten Mal auf den Brettern gestanden, habe aber das Glück gehabt, mit der Sylvia eine der Göttinnen in meiner Gruppe zu haben. Es hat mich zwar regelmäßig ordentlich hinpaniert, vor allem auf der Buckelpiste, aber ich habe vor lauter Verzückung keinen Schmerz verspürt. Die göttliche Sylvia ist an mir vorbeigeglitten wie eine Erscheinung und trotz zahlreicher Prellungen und Schürfwunden habe ich mein Glück kaum fassen können.

Nach der Piste ist es nahtlos weitergegangen mit der Balz. Im Gemeinschaftsraum sind sich auf der einen Seite die Buben und auf der anderen die Mädchen gegenübergesessen. Kollektives Schmachten. Bis sich auf einmal die Nicole aus der Menge herausschält,

eine Soundmachine auf den Tisch stellt und auf „Play" drückt. „Tainted Love" von den Soft Cell. Während die Nicole beginnt, ihren Körper im Rhythmus der Synthesizer zu wiegen, hat sie mit Flüsterstimme ins Bubenlager gehaucht:
„Take my tears and that's not nearly all,
tainted love (oh)
tainted love"
Hätte in diesem Moment jemand eine Pheromonprobe im Gemeinschaftsraum entnommen, das gesamte Hotel wäre als Risikogebiet gesperrt worden. Sämtliche Zimmer wären evakuiert worden, aus Angst vor verheerenden Leidenschaftslawinen. Alle haben wir diese sentimentale Göttin trösten wollen, sie hat uns mit ihrem Tanz vollkommen verzaubert und wir haben uns gedacht, dass sie nicht umsonst „Champion" auf ihrem Kapuzenpullover draufstehen hat. In diesem Moment war die Nicole der Champion unserer Herzen, die Königin unserer Seelen. Ich weiß nicht mehr, was danach passiert ist. Meine Erinnerungen setzen erst wieder ein, wo mir ein Liftwart mit der Hand vor dem Gesicht herumwachelt, um zu prüfen, ob ich auf Bewegung reagiere.

Skilehrer in meiner Gruppe ist damals unser Religionsprofessor gewesen, ein verdienter Gemeindepfarrer. Sogar auf diesen Würdenträger dürfte die Sylvia eine gewisse Wirkung ausgeübt haben, könnte ich mir jedenfalls vorstellen. Mitten am Hang hat er uns demonstriert, wie sich diese gefährlichen Buckelpisten am geschicktesten bezwingen lassen. An diesem Tag hat die Sylvia statt einer Skibrille Sonnenbrillen aufgehabt, sie hat dem gleißenden Stern großzügig ihr Gesicht dargeboten und der hat dafür seine schönsten Strahlen entsandt. „Himmlisch“, habe ich geseufzt, wie ich das in Gold getauchte Gesicht ausgespechtelt habe. Es hat nicht viel gefehlt und ich hätte zum weinen angefangen, so schön ist die Sylvia in diesem Moment gewesen. Auf einmal habe ich im Augenwinkel eine gewisse Turbulenz registriert, die daher gerührt hat, dass es den Herrn Pfarrer ordentlich über ein paar Buckeln zelebriert hat. Mit jedem weiteren Buckel hat er ein Kleidungsstück eingebüßt, zuerst die Skibrille, dann die Haube und am Schluss hat es ihm sogar einen Handschuh ausgezogen. Man hätte fast glauben können, dass sich der Herr Pfarrer mitten auf der schwarzen Piste für den Messdienst umzieht. An diesem Tag ist er irgendwie neben sich gestanden, habe ich damals zumindest den Eindruck gehabt.

Nach zwei, drei Tagen hat sich meistens ein kleines Lazarett gebildet. Ein paar Wehleidige sind immer halbert gestorben vor lauter Jammer. Der Philipp zum Beispiel, der blitzgescheit war und dadurch konsequenterweise motorisch unterentwickelt. Mittlerweile sind wir halbwegs sicher auf den Brettern gestanden und im Gänsemarsch eine Piste hinuntergefahren, zuerst im Pflug, ab der Hälfte ca. haben wir dann aufgemacht und sind die restliche Piste Schuss gefahren. Am Ende hat sich der Hang um eine bewirtschaftete Hütte geschlungen und man hat das Pistengeschehen aus den Augen verloren. Vor dem Lift haben wir zusammengewartet. Alle da, nur der Philipp hat noch gefehlt. Auf einmal ist eine Skibrille um die Kurve gebogen, gefolgt von einem einzelnen Ski und dann hintennach ein Knäuel, das wir als Philipp identifizieren haben können. Der Herr Pfarrer hat leise einen Segen gesprochen und dann geschaut, ob der Haufen noch atmet, und dann haben wir ihm mit vereinten Kräften die Gliedmaßen auseinandergeflochten. Die nächsten Tage hat er recht gejammert und gehumpelt ist er wie ein alter Pistenveteran, das war schon nicht mehr zum anschauen. Ich glaube ja, dass der Philipp nur Mitleid hat heischen wollen bei der Sylvia, weil er gemerkt hat, dass er mit seiner Intelligenz kein Leiberl reißt. Innere Werte waren auf einem Skikurs nämlich so wichtig wie innere Blutungen, da hat sich keiner was davon kaufen können.

Skikurs-Beziehungen sind meistens nicht für die Ewigkeit gewesen. Wie exotische Blumen sind sie rasch aufgeblüht und genauso schnell wieder verwelkt. Meistens haben die Pärchen noch ein, zwei Wochen drangehängt, als würden sie sagen wollen:
„Wir haben es eh ernst gemeint, aber es hat halt nicht sollen sein."
Von den Pärchen, die schon auf Höhe Semmering zusammengekommen sind, haben sich einige gleich wieder getrennt, nachdem die Nicole im Gemeinschaftsraum zu „Tainted Love" geshaked hat. Da habe ich mich dann schon gefragt, wie ernst die das gemeint haben können. Hauptsache Freund/Freundin.

Wenn man nach dem Skikurs heimgekommen ist und wieder allein war in seinem Zimmer, war man wie ausgebrannt. Man hat sich einsam und verloren gefühlt, wie in der Sahara oder in der Wüste Gobi, ausgehöhlt vom Sturm der Leidenschaften, der getobt hat über den schneebedeckten Gipfeln von Obertauern …

Tainted love (oh)
Tainted love …

Drei Wetter Taft

Die lässigste von allen Frisuren hat für mich immer der Papa gehabt. Er war Fußballer in den 80ern und schon alleine von daher waren das die besten Voraussetzungen. Schwarzhaarig ist er gewesen, volles Haar hat er gehabt und einen leistungsstarken Föhn obendrein. Ein frisurentechnischer Hattrick. Wenn man das Pickerlalbum zur 86er-WM in Mexiko hergenommen hat, war auf jeder Seite zigmal dem Papa seine Frisur zum sehen. Das eigentlich bemerkenswerte an dieser Frisur ist ja gewesen, dass sie auch ohne Gel, Wachs & Co. gehalten hat. Mit seinem Föhn hat der Papa die Haararchitektur geschickt manipuliert und sich so eine Frisur gezimmert, die ohne Zement und Fugenkleber ausgekommen ist.

Bei der Mama hat die Sache ein bisschen anders ausgeschaut. Vorm Spiegel im Abstellraum hat sie sich in der Früh für die Arbeit hergerichtet und dabei nichts dem Zufall überlassen. Als krönenden Abschluss ihres Schönheitsrituals hat sie ihre Frisur mit Drei Wetter Taft konserviert. Da hat es gezischt, als hätten wir irgendwo ein Gasleck gehabt oder einen offenen Wasserrohrbruch. In immer enger werdenden Kreisbewegungen hat die Mama ihre Locken imprägniert und sie zu einer Art Bürohelm geformt. Es hat dann eine Zeit lang gedauert, bis sich der Nebel gelichtet hat und man wieder in den Abstellraum hineingehen hat können.

Mein Dilemma war jetzt folgendes: Ich hätte gerne die Frisur vom Papa gehabt, nur waren meine Haare dafür überhaupt nicht geeignet. Ich habe damals störrisches, drahtiges Haar gehabt, das sich von nichts und niemandem befehligen hat lassen, wie es stehen, wachsen oder liegen soll. Der Papa hat es aber trotzdem wissen wollen und ist mit Bürste und Föhn angerückt, eine Viertelstunde lang hat er verbissen versucht, seine Frisur auf meinem Kopf zum reproduzieren,[15] aber ohne Erfolg – meine Haare haben sich seinen Architekturplänen verweigert und sich gedacht: „Was will jetzt der von uns?" Das war eine bittere Niederlage für den Papa, er hat dann auch nicht mehr wollen, dass ich Fußballer werde, weil für was – wenn ich nicht einmal ausschauen kann wie einer?

Ich habe mich aber nicht in mein Schicksal fügen wollen. Es kann ja bitteschön nicht angehen, dass meine Haare entscheiden, ob ich eine Frisur habe oder nicht. Das ist immer noch meine Entscheidung bitte, habe ich damals gefunden. Wie ich dann einmal allein zuhause war, bin ich mit der Geheimwaffe Drei Wetter Taft angerückt. Vorm Spiegel habe ich mich so lange eingezischt, bis ich nichts mehr gesehen und keine Luft mehr bekommen habe. Wie mit einem Insektenbekämpfungsmittel bin ich meinen Haaren auf den Leib gerückt und habe diesen körpereigenen Schädlingen eine Lektion in Sachen Gehorsam erteilt. Wie sich der Nebel dann langsam wieder gelegt hat, ist auf meinem Kopf ein Feld der Verwüstung zum Vorschein gekommen. Meine Haare haben ausgeschaut, als hätte ich sie mit Tapetenkleber gewaschen. Noch nie bin ich so überzeugt gewesen, dass meine Haare eigene Lebewesen sind. In schrecklich verrenkten Leidensposen sind sie vom Kopf abgestanden, jammernde, knorrige Gestalten, mein Scheitel hat mich sogar an die Schreckensbilder von Pompeji erinnert, wo mit Asche überzogene menschliche Überreste groteske Silhouetten formen.

„Pompeji. Umsteigen bei Ascheregen. Die Frisur hält. Drei Wetter Taft."

Dass der Hersteller Schwarzkopf heißt, ist fast schon ein bisschen makaber ...

15 Ich bin mir damals vorgekommen wie ein Pferd, das für den Viehmarkt zurechtgemacht wird, um dort einen möglichst hohen Preis zu erzielen. Es hat immer etwas Entwürdigendes gehabt, wenn dich die Eltern nach ihren Vorstellungen hergerichtet haben: Unter der Fuchtel von der Mama habe ich mich gefühlt wie eine Puppe, beim Papa wie ein Tier. Beim Striegeln ist ihm sogar einmal ein „Brav is er" herausgerutscht. Aber das Schlimmste überhaupt war, wenn ich von meinen Eltern geschnäuzt worden bin. Nicht umsonst heißen ja die Tierpfleger in Schönbrunn auf Alt-Wienerisch „Affenschnäuzer". Und genauso bin ich mir vorgekommen, wie ein Affe, der sich nicht einmal selber die Nase putzen kann. Sie haben mich auch geschnäuzt, wenn es da gar nichts zum Schnäuzen gegeben hat, sicher ist sicher. Zumindest war ich keines von den Kindern, die den ganzen Tag mit einer Rotzglocke herumgelaufen sind, weil das ist auch kein Zustand.

Nägelbeißen

Minderjährige Lebensformen sind von der Mama in zwei Gruppen unterteilt worden: Nägelbeißer und Nicht-Nägelbeißer. Zweitere haben halbwegs gute Chancen gehabt, dass sich später einmal ganz normale Menschen aus ihnen herausentwickeln, was man von Ersteren nicht gerade behaupten hat können, zumindest nach Auffassung von der Mama. Nägelbeißer waren für sie verabscheuungswürdige Kreaturen, die über keinen freien Willen verfügen und stumpf dem inneren Trieb des Nagens gehorchen. Zum Leidwesen rechtschaffener Menschen tappen sie mit ihren entzundenen Fingern alles ab – Türschnallen, Aufzugsknöpfe, Essbesteck – bevor sie die keimbehafteten Stumpen wieder zurück in ihre Münder schieben.

Jetzt hat man aber seinen Kindern schlecht alles Grausliche verbieten können. Entweder man hat sie kletzeln lassen, frimmeln, nasenbohren oder eben nägelbeißen, aber irgendetwas hat man ihnen lassen müssen, trotz aller Verbote und drakonischer Strafandrohungen. Ein letztes Refugium der Absonderlichkeit sozusagen, wohin sie im schmerzhaften Prozess der Menschwerdung fliehen haben können. Außerdem ist hinlänglich bekannt, wie wichtig es für Heranwachsende ist, sich mit Keimen, Dreck und Bakterien für das spätere Leben abzuhärten, um nicht gleich von der erstbesten Schnupfenbazille aus den Latschen gekippt zu werden. Vom Papa habe ich diesbezüglich eine wertvolle Lektion gelernt. Eines Tages hat er mit dem Besen die Gasse zusammengekehrt und kleine Häufchen errichtet, um die ich mich dann hätte kümmern sollen. Die Mama hat sofort lamentiert „Wart, geh her, ich hol dir die Mistschaufel und das Beserl aus der Garage“, was aber der Papa sofort unterbunden hat. Ihm ist es in erster Linie nicht ums Dreckwegräumen gegangen, sondern um eine Lektion, die er mir am Beispiel von kleinen Haufen aus Laub, Tschickstummeln und Basaltsteinchen erteilen hat wollen. Sinngemäß hat die Lektion gelautet: „Du musst dich im Leben dreckert machen.“ Wie ein Kung-Fu-Meister hat er dabei zugeschaut, wie ich mit bloßen Händen in die Häufchen hineingefahren bin und den ganzen Dreck in einen Kübel verfrachtet habe. Es hat mir ordentlich gegraust, das gebe ich offen und ehrlich zu, aber ich habe mir nichts anmerken lassen. Ein Häufchen nach dem anderen habe ich händisch entsorgt, nur um dem Papa zum beweisen, dass ich keinerlei Berührungsängste habe mit Abfall und Schmutz. Lektion gelernt, Prüfung bestanden.

Es ist dann in dieser Sache aber zu einem unerwünschten Nebeneffekt gekommen. Durch das barhändige Häufchenentsorgen hat sich mein Ekelempfinden so gut wie in Luft aufgelöst. In dieser Phase habe ich mir dann das Nägelbeißen angefangen. Mit seiner Lektion hat der Papa sozusagen mein inneres Ferkel befreit und es aus dem Stall gelassen, das vor lauter Freude gequiekt und sich genüsslich im Schmutz der Welt gesuhlt hat, sehr zum Unmut von der Mama, die fortan die pädagogischen Methoden vom Papa grundlegend in Frage gestellt hat. Das Nägelbeißen war für sie die Höchststrafe, nie im Leben hätte sie sich träumen lassen, dass ihr eigener

Sohn einmal so missraten könnte. Ich habe aber nicht durchgehend Nägel gebissen, sondern nur, wenn ich nervös war und gerade kein Bleistift oder Radiergummi in der Nähe war. Stichprobenartig hat die Mama meine Nägel kontrolliert. Wenn sie nur ein bisschen zu kurz gewesen sind, hat es gleich etwas gesetzt, habe die Ehre! „Du wirst schon schauen, wenn sich das alles entzündet und unter Eiter steht, dann kannst deine Finger ganzen Tag in ein Häferl Kaspopperltee eintunken!"
Sie hat Horrorgeschichten erfunden, von Kindern, denen über Nacht die Finger abgefault sind, weil sie untertags zu tief hineingebissen haben. Fast schon wissenschaftlich ist sie geworden, wenn sie gemeint hat, dass man „abgefressene Finger" schon von weitem erkennt, weil die Entzündungsherde leuchten. Sie hat sich richtig ins Zeug gelegt, die Mama, und ganz schön viel Hirnschmalz investiert in ihre Lügenkonstrukte.

Ein paar Häuser weiter hat der Jürgen gewohnt, der im Gegensatz zu mir ein Hardcore-Beißer gewesen ist. Er hat fast keine Nägel mehr gehabt, nur mehr schmale Hornstreifen, die für nichts zu gebrauchen waren. Pickerl hat er jedenfalls keine mehr abziehen können und wenn ihm ein Schilling hinuntergefallen ist, hat ihn jemand anderes für ihn aufheben müssen. Bei aller Liebe: So kann das Leben keinen Spaß machen. Auf diesem Level ist das Nägelbeißen ein richtiges Handicap, nur dass dich deshalb niemand bemitleidet. Selber schuld! Jedenfalls hat die Mama irgendwann den Jürgen als tragischen Helden in ihre Schauergeschichten eingebaut. Sie hat von einer Paste fantasiert, die ihm seine Mutter vor dem Schlafengehen angeblich auf die Stumpen schmiert und die so grauslich schmecken soll, dass dir garantiert der Gusto auf Fingernägel vergeht. Hinausgeschmissenes Geld, habe ich mir damals gedacht, da hätte sie ihm genauso gut Leberpastete draufschmieren können, schmeckt auch nicht viel besser. Ich habe damals ja schlecht danach googeln können, ob es diese Paste wirklich gibt, jetzt war ich hinsichtlich des Wahrheitsgehalts dieser Story ein bisschen im Wiglwogl. Wirkung hat diese Horrorpaste jedenfalls keine gezeigt, falls es sie je gegeben hat. Dem Jürgen seine Fingernägel sind bis heute nicht nachgewachsen, durch sein Nagen muss er wie ein Biber die Nagelwurzeln beschädigt und dadurch jedes weitere Wachstum verunmöglicht haben.

Nasenbohren

Wenn ich wirklich jedes Mal eine Postkarte verschickt hätte, wenn ich oben angekommen bin, hätte ich in den 80ern ein Vermögen fürs Frankieren ausgegeben. Meine Karten hätten dann keine klassischen Tourismus-Motive abgebildet, wie den Eiffelturm, den Stephansdom oder von mir aus das Taj Mahal, sondern durchwegs rare Naturaufnahmen, die in ihrer Ungeschöntheit auch durchaus verstörend hätten sein können: raue Schorfklippen, wuchtige Rotzfelsen, blubbernde Sekrettümpel. Nasenbohren ist halt etwas extrem Natürliches und für etwas Natürliches hat sich noch nie wer genieren gebraucht.

Schwer getan hätte ich mich wahrscheinlich mit den Adressaten für meine Postkarten. Wem hätte ich wohl am ehesten ein gediegenes Nasennebenhöhlen-Panorama schicken können? Bestimmt nicht der Mama. Die hat rund um mein Bett genug Rotzkugeln aufgesaugt und sich dann immer extra unwissend gestellt, weil sie gehofft hat, dass mir das Knistern im Staubsauger peinlich ist und ich deshalb mit dem Nasenbohren aufhöre.
Dem Opa eher auch nicht. Der ist zwar wie ich ein passionierter Nasenbohrer gewesen, aber ohne einen Funken Solidarität und Sympathie für seine Artgenossen. Seiner Auffassung nach hat er als Arbeiter mehr Anrecht gehabt auf das Vergnügen „Nasenbohren“ wie zum Beispiel Kinder oder Angestellte, weil seine Nasenschleimhaut auf den Baustellen ganz anderen Reizen

ausgesetzt war und er sich das Recht aufs Nasenbohren quasi hart erarbeitet hat. Genauso wie sein Furzen war das Nasenbohren ein Geschehnis, das unbemerkt geblieben ist, weil es schlichtweg nicht stattgefunden hat. Und genau deshalb hat er auch beides hemmungslos praktiziert – Nasenbohren und Furzen –, weil wir es eh nicht sehen oder hören haben können. So ungefähr muss sich der Opa das jedenfalls vorgestellt haben …

Meine Freunde jedenfalls hätten sich bestimmt gefreut über meine Urlaubsgrüße von oben:

„Ich hab eine Karte vom Tommy bekommen!"
„Echt, zeig einmal her! Ah, das kenn ich, da war ich auch schon!"
„Ich auch, schön ist's dort."

„Hast du auch eine Karte gekriegt vom Tommy?"
„Ja! Wo ist der bitte?!"
„Keine Ahnung, noch nie gesehen! Aber traumhaft ist es dort …"
„Find ich auch. Dort muss ich unbedingt einmal hin!"

Nasenbohren ist nichts anderes wie Urlaub vom Alltag. Man steckt den Finger in die Nase und schon flimmert das Kopfkino. Deshalb haben Nasenbohrer auch immer so leere Augen, weil sie abwesend sind, sie haben sich weggebeamt an einen anderen Ort, einen schönen, verheißungsvollen Ort. Auf den ersten Blick mag das vielleicht egoistisch erscheinen, aber Nasenbohrer kommen ja nie mit leeren Händen zurück, immer haben sie Andenken mit dabei, die sie dann großzügig überall verteilen. Ihre Souvenirs verstecken sie gerne unter Tischen, hinter dem Bett oder an anderen geheimnisvollen Plätzen, wo man dann eine richtige Freude hat, wenn man sie zufällig findet. Es kann aber auch passieren, dass die Mitbringsel den Transport nicht überstehen, weil es sich ja meistens um leicht verderbliche Ware handelt, die dann bei der Ankunft entsorgt werden muss. Leider, kann man nichts machen.

Einer meiner besten Freunde damals war der Nasenbohrer-Jimmy. Ich weiß gar nicht mehr, wie er in echt geheißen hat. Schon als Baby hat er sich zur Beruhigung nicht den Daumen in den Mund gesteckt, sondern den Zeigefinger in die Nase. So gut wie nie hat man ihn mit offenen Nasenlöchern erwischt, immer hat sich ein Finger Richtung Stirn gewühlt. Im Grunde genommen ist der Jimmy trotz körperlicher Unversehrtheit ein Einarmiger gewesen, der sich nur für kurze Momente in eine zweiarmige Kreatur verwandelt hat, wenn er die Schürfergebnisse seines Fingers einer kritischen Prüfung unterzogen hat. Der Jimmy war ein extrem ausgeglichener Typ, er hat nie Stress gehabt. Selbst hat es einen dann auch beruhigt, wenn man dieser Symbiose aus Zeigefinger und Nasenloch beigewohnt hat, wo alles harmonisch aufeinander abgestimmt war. Der Finger hat sich ins Nasenloch geschmiegt wie in eine bequeme Höhle und dieser Komfort hat dann auf den ganzen Körper ausgestrahlt. Beim Jimmy hat der Topf wirklich seinen Deckel gefunden, ohne dass er lange danach suchen hätte müssen.

Durch das Beispiel vom Jimmy bin ich draufgekommen, dass ja ausnahmslos jeder Zeigefinger perfekt ins dazugehörige Nasenloch passt. Aber was hat das zu bedeuten? Ganz einfach: Nasenbohren ist ein von Mutter Natur vorgesehener Prozess, wie das Atmen oder die Verdauung, ein wirkungsvolles Instrument zur Stressbekämpfung. Der Finger gehört da bitteschön hinein, liebe Eltern! Und so ein Zufall aber auch, dass die Evolution gerade in diesem Loch eine formbare Masse versteckt hat. Wozu also mit Plastilin spielen? Wauger ist die Knetmasse der Natur und hat darüber hinaus noch den Vorteil, dass man die Farben nicht vermischen kann.

Sportwoche

Im Unterschied zum Skikurs haben wir uns vor der Sportwoche berechtigte Hoffnungen gemacht auf etwas mehr Haut. Kursangebote wie Windsurfen oder auch Tennis waren vielversprechende Focus Points, fiebrig haben wir uns umgehört, wie es um die sportlichen Interessen der schönsten Girls steht und ob sich da vielleicht schon gewisse Tendenzen abzeichnen. Aber im Grunde war es immer ein Hasardspiel, wo sich oft in letzter Sekunde noch umentschieden worden ist, als hätte man absichtlich eine falsche Fährte auslegen wollen für alle Lustmolche in der Klasse.

Wie es geheißen hat „Klopeiner See", sind wir gleich einmal skeptisch gewesen. Rein von den Wortbestandteilen her hat dieser Begriff nämlich alles andere als ein Idyll verheißen, sondern im Gegenteil mit „Klo" und „Pein" ein absolutes Horrorszenario. Bei der Ankunft sind wir direkt erleichtert gewesen, alles war schön und sauber, die Luft frisch und rein und im klaren Wasser des Klopeiner Sees hat sich ein ausgesprochen blauer Himmel gespiegelt. Sofort positiv vermerkt haben wir außerdem die Anwesenheit von zwei Begleitpersonen, von denen wir vorab gar nichts gewusst haben: ein Student und eine Studentin, wo uns einer weniger, eine dafür umso mehr interessiert hat. Die Bea hat Sport studiert und das hat man ihr auch angesehen. Was der Andere gemacht hat, weiß ich nicht mehr. Die Bea war eine Verheißung aus der Zukunft, alle haben wir schnell erwachsen werden wollen, um endlich inskribieren zu dürfen. Hauptfach: Leibesübungen. Aber noch ist die ganze Oberstufe zwischen uns und unserem Traum „Bea“ gelegen, ein schier unüberbrückbares Hindernis.

Dreimal dürfts ihr raten, wer natürlich nicht die Bea als Aufsichtsperson in der Tennis-Gruppe gehabt hat, sondern den Anderen? Richtig. Jetzt erinnere ich mich sogar, Thomas hat er geheißen, was ich als einen besonderen Hohn empfunden habe. Dass mir das Schicksal die Bea verwehrt und mir ausgerechnet einen Namensvetter als Ersatz an die Seite stellt, um alles Unerwünschte zu verkörpern, hat mich fast verzweifeln lassen. Aber noch war nicht alles verloren, immerhin ist ja die Sabine in meiner Gruppe gewesen. Zusammen sind wir in Richtung Tennisplatz spaziert und haben uns bestens unterhalten. Wie wir durch ein Waldstück gehen, fallen einzelne Strahlen durch das Blätterdach, genau auf das Gesicht von der Sabine, kleine, helle Flecken, die wie Scheinwerfer ihre Makellosigkeit ausgeleuchtet haben. Das Sonnenlicht muss gekitzelt haben, auf einmal hat sie mit gesenkten Augenlidern gelächelt und mir ist dabei ganz schummrig geworden. In mir hat sich eine leise Stimme zu Wort gemeldet, ganz, ganz leise, „Da geht vielleicht was“ hat die Stimme geflüstert, bevor sie wieder im Sumpf des Zweifels versunken ist. Aber was hätte ich denn schon sagen sollen zur Sabine, „Du bist so schön, du bist so sexy, willst du mit mir gehen?“, und wahrscheinlich hätte das sogar funktioniert, aber das wäre zu einfach gewesen. Liebe bedeutet leiden, Liebe muss schmachten, Liebe ist kompliziert.[16]

Irgendwann ist mir aufgefallen, dass die Sabine gar keinen Schläger dabeihat. Wie will sie denn da mit mir Tennis spielen, habe ich mich noch gewundert. Es hat sich dann aber rasch herausgestellt, dass sie nur deshalb mitgekommen ist, um dem Tennislehrer persönlich mitzuteilen, dass sie doch lieber zum Windsurfen geht, in die coole Gruppe von der Bea. Klassiker. Ich habe natürlich bleiben müssen, was ist mir denn anderes übriggeblieben. Wie hätte denn das ausgeschaut, wenn ich den Tenniskurs auch gleich schmeiße, da hätte mich doch die Sabine sofort für einen Loser gehalten, der den Girls hinterherdackelt. Liebe ist leiden, Liebe muss schmachten, Liebe ist kompliziert ...

Am Abend von Tag eins ist es dann gleich ordentlich losgegangen mit den Liebesmanövern. Die ersten Paare haben zusammengefunden und sind unauffällig abgebogen Richtung Strandpromenade. Dort sind sie händchenhaltend auf und ab schwadroniert wie siamesische Zwillinge. Alles haben sie nur mehr gemeinsam gemacht, alleine ist da gar nichts mehr gegangen. Wenn sich da einer von beiden die Schnürsenkel binden muss, wäre der andere sofort umgefallen, weil er den Halt verloren hätte. Für Außenstehende war das kaum zum ertragen, es war eine komische Mischung aus Fremdschämen und Futterneid, die einen beim Anblick dieser Schmelzwesen befallen hat. Und trotzdem hat man irgendwie darauf reagieren müssen. Wir Verschmähten haben meistens so getan, als wären wir zu cool für eine Beziehung. Das hat dann sonderbare Ausformungen annehmen können. Zwei besonders coole Hunde haben sich beispielsweise an der Promenade Kapperl gekauft, wo vorne „Captain“ draufgestanden ist, mit einem gestickten Lorbeerkranz um das Wort herum. Mit diesen vortrefflichen Accessoires sind die beiden Kapitäne dann sicher durch den Sturm der Leidenschaft gesegelt, der um sie herum getobt hat.

Dann haben wir eine niederschmetternde Entdeckung gemacht: Zwischen der Bea und diesem Thomas ist etwas gelaufen. Wo gibt es denn so etwas, bitte? Dass die zwei sich einfach was anfangen, wo sie doch eigentlich zum Arbeiten dagewesen wären. Eigentlich hätten sie in ihren späteren Beruf hineinschnuppern sollen und nicht ins Gesicht vom jeweils anderen. Aber die Studenten haben das Arbeiten halt nicht erfunden, das ist schon damals kein Geheimnis gewesen. Ich habe mir dann auch gleich so ein Captain-Kapperl gekauft, weil mit der Liebe habe ich nichts mehr am Hut haben wollen.

Im Schnitt haben Sportwochen-Beziehungen aber länger gehalten wie ein durchschnittliches Skikurs-Pantscherl. Eh klar: Im Winter, wenn die Tage grau sind und die Sonne sich gerne versteckt, hat man nicht genau erkennen können, zu wem man da jetzt gerade „ja" gesagt hat. Der leuchtende Sommer mit seinen bunten Farben ist da weniger trügerisch, da sind die Fakten klar auf der Hand gelegen und man hat nicht die Katze im Sack gekauft.

16 Und genau dieses Herumgeeiere ist der Grund dafür, warum die größten Descheks immer die schönsten Girls gehabt haben.

C-Klasse

Die C-Klasse war berüchtigt. Die C-ler haben sich nicht bis zum Musiksaal in den dritten Stock hinaufplagen müssen und waren auch nicht gleich im Erdgeschoss daheim, wo man noch die Vanillemilch aus dem Schulwartkammerl riechen hat können. Die C war genau in der Mitte. Das klingt jetzt auf den ersten Blick nicht gerade spannend, fast ein bisserl mau, aber nur so lange, bis ich aufzähle, was sonst noch alles im Stockwerk von der C gewesen ist: das Buffet, der Chemiesaal, der Physiksaal. Kurz: alles, wo es sich so richtig abgespielt hat.

In der großen Pause sind reihenweise Menschen in der C verschwunden. Und damit meine ich nicht, dass sie in die Klasse hineingegangen und ergo aus dem Gang verschwunden sind, sondern sie sind tatsächlich weg gewesen, im Sinne einer Vermisstenanzeige. Ein paar sind später wieder aufgetaucht, der Lupo zum Beispiel, den haben sie irgendwann im Mistkübel von der C gefunden. Nach eigenen Angaben hat er dort ganzen Unterrichtseinheiten beigewohnt, ohne dass es irgendwem aufgefallen wäre.

Ich habe mich oft gefragt, wie es sich anfühlen muss, wenn du von der C zum Klassensprecher gewählt wirst. Ich glaube, das ist so wie bei den Murmeltieren. Ein Jäger hat mir einmal erzählt, dass die Murmeltiere aus dem Winterschlaf geweckt werden müssen, weil sie sonst weiterschlafen, bis sie tot sind. Den Wecker-Job übernimmt das Alpha-Tier, wobei mich dann schon interessiert hat, wie der jetzt eigentlich weiß, dass er der Alpha ist, weil wenn ihm das niemand sagt, mützt er ja auch weiter und die ganze Murmeltierherde geht hops. Aber der Jäger hat mir das super erklärt und gemeint, der Alpha weiß das einfach. Klar, wenn er als Erster munter wird und es hat ihn keiner aufgeweckt, weiß er, dass er der Alpha sein muss. So ähnlich stelle ich mir das jedenfalls mit dem Klassensprecher in der C vor. Den hat sicher auch keiner gewählt. Der hat das irgendwann auch einfach gewusst. Diese stumme Wahl haben die C-ler dann bestimmt mit Schnaps begossen und dazu ein paar Tschick geraucht.

Wenn du damals auf dem Gang gesagt hast, dass du in die C gehst, hat sich keiner mehr in deine Richtung verkühlt. Eigentlich hättest du das aber gar nicht erst sagen müssen, weil eh jeder sofort gewusst hat, wer du warst, wenn du ein C-ler gewesen bist. Zum Beispiel der Mich, der sich im Turnen ohne Füße, nur mit den Händen das Seil hinaufgehantelt hat, oder der Pez, der immer geschaut hat, wer schneller am Seil oben ist, er oder der Mich.[17] Das waren jetzt einmal die Sheriffs. Die C hat aber auch einen musischen Zweig gehabt, den Glocki zum Beispiel, der über die Klassengrenzen hinaus bekannt war, weil er so gut zeichnen hat können. Oder den Nils. Der Nils hat einmal auf einer Geburtstagsfeier beim Lagerfeuer eine halbe Flasche Cola auf ex gezwickt und dann haben wir uns was wünschen dürfen von ihm: einzelne Wörter oder ganze Sätze, die er dann kunstvoll hervorgerülpst hat. Ab und zu hat er Cola nachfüllen müssen, aber er hat uns mit seinem Gerülpse gut und gerne ein paar Stunden unterhalten. Wir haben uns natürlich die besten Wörter von ihm gewünscht: Guns N' Roses, Beidl, Hatschepsut etc. Irgendwann ist auf einmal ein Funke aus dem Lagerfeuer gesprungen und hat sich wie eine Leuchtrakete auf den Oberschenkel vom Nils gesenkt, wo er zischend erloschen ist. Sofort hat der Nils „Hurr!" gesagt. Die Brandwunde hat ihn in der Sekunde aus dem Rülps-Modus herauskatapultiert und ihn zu diesem für ihn typischen Schimpfwort veranlasst. Der Nils war wie gesagt auch ein C-ler, logo, der abseits von körperlicher Züchtigung und musischer Betätigung damals beflissen an der eigenen Legendenbildung gearbeitet hat. Irgendwann nämlich ist wieder einer im Mistkübel verschwunden, und wie die C-ler gerade dabei waren, dass sie die letzten Spuren mit Kornspitzservietten verwischen, ist plötzlich die Tür aufgegangen und jemand – ich glaube, es war sogar der Glocki – hat einen Satz in die Klasse hineingesagt, den interessanterweise alle gehört haben, obwohl ein unmenschliches Gebrüll geherrscht hat.

So. Eigentlich würde die Geschichte noch weitergehen und sich langsam die Legende vom Nils herausbilden, aber ich habe das von ein paar Leuten lesen lassen und die haben alle gemeint, das kannst du nicht bringen, das ist zu arg. Schon beim „Hurr!" haben welche die Nase gerümpft, was ich eh verstehe, aber so und nicht anders ist es halt gewesen. Vielleicht gibt's ja noch ein paar C-ler da draußen, die wissen bestimmt genau, was der Glocki an diesem Tag in die tobende Klasse hineingesagt hat …

17 Solche Stückln haben nur die Rohrbacher geliefert, wer sonst. Die Wulkaprodersdorfer waren auch ganz stark, vor allem am Buffet und beim Vollstrecken. Die Mattersburger waren größtenteils Lehrerkinder und ehemalige A-Klassler aus der Volksschule und die Seminaristen aus dem Seewinkel und dem Südburgenland Häuptlingssöhne aus der Provinz, die schon in der Unterstufe für den Grundwehrdienst geprobt haben. Der Rest waren Zuläufer aus dem Bezirk, die sich als Interessensgemeinschaft keiner besonderen Taten haben rühmen dürfen.

Vanillemilch

Wenn es mir heute flau ist in der Magengegend, weil ich vielleicht etwas Falsches gegessen habe oder am Vortag am Zeltfest gewesen bin, habe ich oft noch den Geschmack von warmer Vanillemilch im Mund, obwohl ich gar keine getrunken habe. Ich glaube, man nennt das Trauma. Kaum etwas verkörpert puren Ekel besser als warme Vanillemilch. Und dafür haben wir damals in der Schule auch noch Geld gezahlt, das sich unsere Eltern schwer erarbeitet haben.

Wenn die Pausenglocke geläutet hat und man aus der Klasse hinausgestürmt ist, hat einen oft der Geruch von heraufgespiebener Vanillemilch in Empfang genommen. Schulgänge waren ja Korridore der Verwüstung, Kleiderfetzen vom Raufen sind herumgelegen und zerrissene Espandrillos, verstreute Wursträder und Käsescheiben, und eben gar nicht so selten Pfützen von Erbrochenem. Wie vielen von diesen Pfützen ich in meiner Gymnasiumszeit ausgewichen bin, vermag ich heute nicht mehr zu sagen, aber es werden schon ein paar gewesen sein. Wo ich das jetzt so herschreibe, beutelt es mich gleich wieder ordentlich her.

Die Klassenordner haben die Schulmilch aus dem Schulwartkammerl geholt, ein Tragerl lau gekühlter Brechmittel, die wir uns gierig hineingestellt haben, als Begleitung zum Leberpastetenbrot oder Käsekornspitz. Kulinarisch waren das damals noch andere Zeiten, habe die Ehre! Ich habe alles durchprobiert und mich von der Milch über den Kakao bis zur Vanillemilch durchgekostet, weil sie mir – warum auch immer – als das edelste dieser Getränke erschienen ist. Diesen Irrtum habe ich relativ schnell bereut. Wenn ich nur ein bisschen auf die Vorzeichen geachtet hätte, wäre mir vielleicht einiges erspart geblieben. Der Steinberger Hans-Georg zum Beispiel ist einmal mitten in der Unterrichtsstunde heimgesucht worden, der hat sich wie ein sterbendes Tier unter den Tisch verkrochen und gleichzeitig gebrüllt und geplärrt, dass ihm die Vanillemilch nur so aus der Nase herausgesprudelt ist. Ein anderes Mal hat es den Mandl Harald erwischt: Für seinen mit Vanillemilch angereicherten Magen war das Aufstehen zur Begrüßung eine Spur zu abrupt und sofort hat er eine Pfütze auf den Tisch gelegt. Er war dann so perplex, dass er versucht hat, das Malheur ungeschickt mit der einen Hand in die andere zu wischen und es unauffällig in der Hosentasche verschwinden zu lassen. Menschenunwürdig, was die Vanillemilch damals mit uns veranstaltet hat.

Besonders achtlose Klassenordner haben das Milch-Tragerl am Heizkörper abgestellt und nicht am Fußboden. Wer in der großen Pause mit dem Abschreiben beschäftigt war, hat dann eine Stunde später ein leicht aufgegärtes Packerl angestochen. Wenn man genau hingehört hat, hat man ein leises Zischen gehört. Aber diese Aufmerksamkeit hat niemand gehabt, wir haben ja schauen müssen, dass wir mit dem Abschreiben nachkommen und den allfälligen Pausenkätsch nicht versäumen. Zwischendurch hat man gach einen Hocker genommen und dann hat man sich eh schon zusammenpacken können. Manchmal hat es das warme Gschloder nicht einmal bis in den

Magen geschafft. Auf der Entschuldigung ist als Grund für das Fernbleiben dann „Übelkeit“ gestanden, oder „Magenverstimmung“, wo in Wahrheit „Vanillemilch“ hätte stehen müssen.

Einmal hat es bei der Oma Buchteln mit Vanillesauce gegeben und ich habe sie gefragt, wonach diese himmlische Sauce schmeckt. Sie war ganz perplex, nach Vanille natürlich, hat sie behauptet, aber ich habe es einfach nicht glauben wollen – so schmeckt doch keine Vanille, ich muss es ja wissen, ich trinke ja Vanillemilch in der Schule. Tatsächlich habe ich lange Zeit den Geschmack von Plastik, Emulgatoren und Verstärkungsmitteln für Vanille gehalten und mich jedes Mal gewundert, warum dieses exquisite Eis Vanille-Eis heißt oder die Oma zu dieser entzückenden Sauce Vanille-Sauce sagt. Wo das alles doch gar nicht nach Vanille schmeckt!

In der Schule hat man beim Milchpackerl den Strohhalm gleich mitgekaut, weil man mit seinen Zähnen prinzipiell alles zermalmt hat, was bei drei nicht am Baum war: Radiergummis, Tintenkiller, Füllfedern, Kugelschreiber, Pattexkugeln. Es haben sogar welche auf Stanniolkugeln herumgekaut, wahrscheinlich weil ihnen die Mutter befohlen hat, dass sie ja nichts mit nach Hause bringen sollen von der Jause. Unser Speichel hat aus den Strohhalmen sämtliche Weichmacher und sonstige Mikrobestandteile herausgelaugt und das alles hat sich dann mit der Milch zu einer unheilvollen Suppe vermischt. Eine einzige Geschmacksverwirrung, diese Vanillemilch …

Im Schulbus

Das Schulbusfahren hat sich nur dadurch von Viehtransporten unterschieden, dass wir im Unterschied zu den armen Tieren auch noch schwere Schultaschen umhängen gehabt haben. Vom Geruch her wird's nicht viel um gewesen sein und gebrüllt haben wir bestimmt auch nicht weniger. Wie die armen Tiere sind wir zusammengepfercht zur Schlachtbank geführt worden, nur dass die in unserem Fall nicht Handl oder Hofstädter geheißen hat, sondern 2c, 3d oder 4a. Ich habe so viele Schultaschen im Gesicht picken gehabt, dass ich durch die Knight-Rider-Flappen direkt die Jause herausriechen habe können. Am meisten gestunken haben neben uns selbst die Leberpastetenbrote, da hat es mich immer ordentlich gebeutelt, wenn ich von hinten in einen Pöttelsdorfer Michael Knight hineingedrängt worden bin.

Die Pöttelsdorfer, Stötteraner und Zemendorfer waren ein ganz anderer Menschenschlag, insgesamt eine Spur gröber als wir, im Erscheinungsbild wie im Umgang. Eine Schieberei und ein Gedränge war das immer! Als Walbersdorfer sind wir sowieso immer die Descheks gewesen, weil wir die Letzten auf der Route waren und wir uns in einen prallvollen Bus hineinquetschen haben müssen. Natürlich haben drinnen die Pöttelsdorfer, Stötteraner und Zemendorfer ordentlich herausgequetscht, weil es ganz einfach eine Fetzengaudi gewesen ist, wenn jemand nicht mitfahren hat dürfen und dann vor lauter Verzweiflung zum plärren angefangen hat, zurückgelassen auf einem leeren Gehsteig, in einem leeren Dorf, unter einem leeren Himmel. Wer einmal von einem Schulbus zurückgewiesen worden ist, hat schon in jungen Jahren den bitteren Geschmack der Niederlage gekostet. Wenn mir persönlich das an einem Samstag passiert ist, habe ich gleich ganz darauf gepfiffen und bin zuhause geblieben.

In der HAK waren wir dann schon etwas älter und es hat nicht mehr nach Pickel, Schas und Leberpastete gerochen, sondern nach Billigparfüms und Billigstdeodorants. Und trotzdem immer noch ein bisschen nach uns selber, ein bemerkenswerter Triumph menschlicher Pheromone über die Chemikalien aus dem Bipa-Regal. Und noch etwas anderes hat gefäult im Bus, bis heute kann ich nicht mit Sicherheit sagen was, vermutlich hat es aber aus den Turnsackerln ordentlich herausgeböckelt, die schon ein paar Wochen lang in der Schule aufgegärt sind.

Mich täte ja wirklich interessieren, wieviel die Post den Buschauffeuren monatlich überwiesen hat bzw. wie viele Zulagen da dabei waren, weil sonst kann ich mir das einfach nicht vorstellen, dass sich ein halbwegs vernünftiger Mensch so etwas freiwillig antut. Ausgeschaut haben die immer wie Frontschweine auf Heimaturlaub. Ich kann mich aber noch an einen wirklich freundlichen Buschauffeur erinnern, der sogar gegrüßt hat beim Einsteigen. Dem haben wir dann in Echtzeit bei seinem körperlichen Verfall zuschauen können. Von Woche zu Woche hat er abgebaut – Augenringe, Spliss, fahle Haut, rissige Lippen – bis nur mehr eine bedauernswerte Hülle übrig war, aus der scheinbar alles Leben gewichen ist.

Schuldig geblieben sind sie uns aber nichts, die Herrn Buschauffeure. Nicht nur einmal bin ich von Pöttelsdorf heimgestiefelt, obwohl ich eigentlich in Walbersdorf gewohnt habe, weil ein gewisser Jemand es nicht der Mühe wert gefunden hat, für einen Hiasl wie mich zum bremsen.

Die Postlinie war der Berufsverkehr für Minderjährige. Das hat man schon allein daran erkannt, dass in den Postbussen nie geschmust worden ist und sich auch sonst keine amourösen Aktivitäten abgespielt haben. Den Hormonstau hat man sich lieber für den Skikurs oder die Sportwoche aufgespart, da war dann auch die Landschaft im Fenster passender – statt dem Burgenländischen Flachland das Steirische Hügelland oder das Kärntner Becken, mit üppigen Feldern, prallen Obstbäumen und saftigen Almen.
Die Postlinie hat aber nicht nur durch die Abwesenheit von Liebe geglänzt, sondern auch durch die Anwesenheit von Hass. Reihenweise sind dicke und zu dünne Kinder geschnalzt und falsch gekleidete, schlecht frisierte oder verkehrt dreinschauende in die letzte Reihe verschleppt worden, wo sie mit Eisenbahnern und Brennnesseln Bekanntschaft gemacht haben, bevor sie zerzaust und derangiert in die erste Reihe retourniert worden sind. Da haben sich dann auch die Buschauffeure gefreut, wenn wieder einmal ein Unschuldslamm geopfert worden ist. Im Rückspiegel hat man deutlich sehen können, wie sie sich das Lachen verhalten.

Einmal bin ich Zeuge geworden von einem Horror-Unfall, der mich bis heute im Traum verfolgt. Gemeinsam mit zwei Kollegen bin ich nach der Schule schon spät dran gewesen. Noch ein gutes Stück vor der Bushaltestelle haben wir gesehen, wie hinten schon die Letzten einsteigen und der Blinker angeht. Wir: voll eingespannt; in Zeitlupe: Türen zu; der eine Kollege und ich springen aus vollem Lauf ab und purzeln in letzter Sekunde in den Bus; die Türen hinter uns: endgültig zu, während sich der andere Kollege noch mitten in der Anflugphase befindet. Das Geräusch: werde ich mein ganzes Leben nicht vergessen. Als hätte wer einen korpulenten Frosch gegen eine Glasscheibe katapultiert. PATSCH!!! Pöttelsdorfer, Stötteraner, Zemendorfer und Walbersdorfer: pecken. Inzwischen hat sich der Kollege draußen wieder derappelt und als wäre die Froschaktion nicht genug gewesen, läuft er jetzt auch noch dem Bus hinterher und trommelt von außen auf die Scheibe. Pöttelsdorfer, Stötteraner, Zemendorfer und Walbersdorfer: kollektives Anschiffen. Der Buschauffeur hat dann ganz lässig zuerst auf die Zweite und dann Dritte gehagelt und der Kollege schnell Meter verloren, bevor er mitten auf der Straße locker ausgelaufen ist, wie wenn das alles nur eine sportliche Übung gewesen wäre. Pötteldorfer, Stötteraner, Zemendorfer und Walbersdorfer: angeschissen.

Krätzert sein kaunnst waaßt eh wo

„Heasd, hobts gestern in Batzbensa gseng?“ So hat der Onkel bei Familienfesten gerne den lustigen Teil des Abends eingeleitet und dann alle Szenen detailgetreu nacherzählt, in denen „der Grauhaarige“, ein im Einstecken besonders robuster Nebendarsteller, einen ordentlichen Haufen Watschen kassiert. Der Grauhaarige war der erklärte Liebling vom Onkel, beliebter sogar als der Batzbensa und der Terence Hill zusammen. Weil er einfach den gesamten Film über kassiert und kassiert und sich trotzdem immer wieder brav anstellt.

Warum das aber gar so lustig ist, wenn immer derselbe eine am Deckel kriegt, ist ganz einfach erklärt: pure Schadenfreude. Es hätte ja auch einmal einen anderen erwischen können, aber nein – zack! – da kassiert er auch schon die nächste, hahaha! Über den Batzbensa-Medleys von meinem Onkel sind wir dann oft selber ein bisserl krätzert geworden. Insgeheim haben wir nur darauf gewartet, dass es im Laufe des Abends irgendwen erwischt und wem ein Malheur passiert. Richtig sensationsgeil waren wir schon. Und dann ist wirklich einmal dem Großonkel eine Fischgräte vom Weihnachtskarpfen stecken geblieben und er hat dringend mit Melk telefonieren müssen, während wir im Wohnzimmer amüsiert den Gesprächsverlauf verfolgt haben. Und ich sag's ganz ehrlich: Wir haben uns alle abgepeckt. Weil er auch immer so hineinschaufeln hat müssen, der Großonkel – geschieht ihm ganz recht, hahaha!

Viele Menschen haben ihren ganz persönlichen Grauhaarigen in ihrem Leben. In meinem Fall war bzw. ist das mein kleiner Bruder. Er hat zwar dunkle Haare, aber er ist trotzdem mein Grauhaariger. Wenn mein Bruder ordentlich draufgezahlt hat, habe ich automatisch lachen müssen. Das war bzw. ist ein Naturgesetz, da kann ich quasi nichts dafür. Weil ausgesucht habe ich mir das ja nicht, ich habe ihm bestimmt nichts Böses gewollt bzw. will ich das bis heute nicht. Einmal hat es ihn auf einer vereisten Straße dermaßen hingekläscht, dass wir geglaubt haben, jetzt ist es vorbei mit ihm. Aber er hat sich dann relativ schnell wieder derappelt und sich mit den Fäustlingen die Zipfelmütze aus dem Gesicht geschoben, nur um nachzuschauen, wie ich reagiere. Trotz rasender Schmerzen, die er im Hinterkopfbereich verspürt haben muss, hat er sich so lange in der Hand gehabt, bis er herausgefunden hat, dass ich natürlich lache – und erst dann hat er zum weinen angefangen. Einem grausamen Naturgesetz zufolge war das so gut wie immer der Fall. Heute legt es ihn zwar nicht mehr so oft auf die Go, aber wenn er mit Sodbrennen die Stiegen herunterkommt und sich gleich zum Frühstück ein paar Sackerl Gaviscon hineindrückt, scheppere ich mich immer noch ab, hahaha!

Es kann natürlich auch passieren, dass einem selber der Part vom Grauhaarigen zufällt und man für andere zum Deschek wird. Mir ist es einmal beim Klipp so ergangen. Ich habe damals noch mehr Haare am Kopf gehabt und bin zum Abscheren gerne zum Diskonter; weil erstens braucht man keinen Termin; zweitens kostet es einen Nasenrammel; und drittens ist auf 3 mm nicht viel verhaut, sind wir uns einmal ehrlich. Und ich muss sagen, die Klipp-Damen haben mich jedes Mal adrett in Empfang genommen, mich an meinen Stuhl geleitet und mir das weiße Krepp-Papier wie ein Geschmeide um den Hals gelegt. „Beim Klipp wirst du für wenig Geld nach Strich und Faden verwöhnt", habe ich mich gefreut und bin in den manikürten Fingern der Frisörinnen zu Wachs zerronnen. Wie ich dann aber mit „3 mm" meine Wunschfrisur geäußert habe, schwingt auf einmal die Seitentür auf und eine gewisse Hülya betritt den Salon. Wenn schon einmal wer aus einem Extrakammerl herauskommt für einen, dann bedeutet das selten etwas Gutes. Schon gar nicht, wenn man wie ich auf dem Präsentierteller drapiert worden ist wie ein Kapaun, den es zu rupfen gilt. Wie die Hülya hereingekommen ist, habe ich sofort gewusst: So, jetzt ist es so weit – jetzt bist einmal du der Grauhaarige. Und so war es dann auch: Die Hülya hat mir über die Platte gehobelt wie ein Tischlerlehrling im ersten Ausbildungsjahr. Sie hat mir mit dem Rasierer tiefe Breschen in den Kopf gezogen und sich jede einzelne sofort aus der Nähe besehen, wahrscheinlich zum prüfen, ob der Knochen herausschaut. Ich bilde mir ein, dass ich bei jeder Bresche auch ein leises Kichern gehört habe. Auch bei allen weiteren Besuchen bin ich jedes Mal wieder von dieser Hülya behandelt worden, die beim Klipp die Spezialistin für Kurzhaarfrisuren bzw. Kopfhautverletzungen gewesen sein dürfte. Bis heute würde mich ja brennend interessieren, was sie vor ihren Auftritten im Extrakammerl getrieben hat.

Was dem Onkel auch sehr getaugt hat: dass der Grauhaarige in den Batzbensa-Filmen nie bei der ersten Tschinelle w. o. gegeben hat. Dass der immer ganze Serien kassieren hat müssen, bevor er irgendwann umgekippt ist.

Als Zuschauer hat man ihm das aber nie als Durchhaltevermögen angerechnet, sondern eher als Sturheit ausgelegt, oder sogar als Übereifer. Aber genau so etwas braucht es, wenn man zum Chef-Antagonisten avancieren will, weil man für andere nicht irgendein Wappler oder Dodl sein will, sondern gleich der Erzfeind, der Endgegner – der, an dem sich alles entscheidet. Durch so einen Gegensatz wird ja erst das Meißel angesetzt und der Rohdiamant bearbeitet, der man selber ist. Kriegt man es dann mit einer richtigen Krätze zum tun, ist das auf einmal kein Meißel mehr, sondern gleich ein Presslufthammer, der dir die Optimalversion vom eigenen Ich in Nullkommanichts heraushammerlt.

Ich selbst habe dieses Phänomen der wechselseitigen Erziehung aus nächster Nähe beobachten können, und zwar am Beispiel von zwei Hallenwarten, die es sich kalt-warm gegeben haben. Der Charlie und der Franz haben nie gemeinsam Dienst geschoben und so hat jeder die Bühne für sich alleine gehabt. Und die haben sie auch zu nutzen gewusst: Der Franz ist immer in unsere Umkleidekabine gekommen, die gleich gegenüber von seinem Kammerl war, quasi der kürzeste Weg in die Halle hinunter. Jetzt ist er aber nicht einfach nur durchmarschiert, sondern hat sich schon vorher einen Witz hergerichtet, den er dann, während wir uns gerade in die Trainingsmontur geschmissen haben, mitten in der Kabine gezündet hat. Ohne die Detonation abzuwarten, ist er gleich weiter in die Halle hinunter und erst beim Zurückgehen hat er abgeerntet, weil wir uns natürlich alle abgepeckt haben wegen seinem super Schmäh. Der Charlie wiederum hat die Tür zum Hallenwartkammerl immer sperrangelweit offengelassen, damit wir ihm freundlicherweise vorm Training noch beim Speckschneiden zuschauen haben können. Und für die Schartner-Dosen haben beide nach der Währungsumstellung einen Euro kassiert, statt wie vorher zehn Schilling.

Was der Charlie und der Franz aber gemeinsam gehabt haben: ein Weltbild, das sich stark über Fahrzeuge definiert. Während wir bei Affenhitze und Saukälte vor der zugesperrten Halle gewartet haben, sind im Schritttempo die Boliden die Zufahrt heruntergerollt. Die Autos vom Charlie und vom Franz waren aber keine bloßen Transportmittel, sondern Statements in einem stumm geführten Diskurs. Kein Vogel hat sich da draufscheißen getraut, auf die Karossen, und selbst wenn, wäre die Ladung gleich wieder abgezischt, weil der Lack dermaßen aufpoliert und mit Spezialmitteln versiegelt war, dass nicht einmal Kleinstpartikel Halt gefunden hätten. Würden die Rehhäute, die der Charlie und der Franz zu diesem Zweck verbraucht haben, heute noch leben, hätten wir in unseren Wäldern die größte Wildpopulation seit überhaupt.

Irgendwann hat dem Jürgen die ewige Warterei gereicht und er hat zum Charlie gesagt, was er leicht glaubt mit seinem „Scheißheisl“, und dass das Auto vom Franz sowieso viel cooler ist. Mehr hat er nicht gebraucht. Wäre der Jürgen nicht so ein langer Lullatsch und ein paar Schädeln größer gewesen wie der Charlie, hätte er garantiert eine abgehaselt. Aber so hat sich der Charlie mit einer knackigen Schelte begnügt:
„Krätzert sein kaunnst waaßt eh wo, du Ruamschädl du.“

Weil serviert zu bekommen, dass dem Franz sein Auto viel cooler ist, das hat dem Charlie gar nicht geschmeckt, da ist ihm gleich das Geimpfte aufgegangen. Die Rechnung war relativ einfach: besseres Auto = besserer Hallenwart = besserer Mensch. Der Charlie und der Franz haben sich gegenseitig über das Aufpolieren von ihren Karossen zu besseren Menschen erzogen, was ja eine uralte fernöstliche Methode der Charakterschulung ist, wie man schon vom Karate Kid weiß: „Auftragen, rechte Hand. Polieren, linke Hand. Auftragen, polieren. Einatmen durch Nase, ausatmen durch Mund. Auftragen, polieren."

Schularbeiten

Immerhin, der Professor hat uns vorgewarnt: „Erwartets euch nicht zu viel von der ersten Lateinschularbeit, tuts mir ja nicht verzweifeln, wenn's nicht gleich so hinhaut, wie ihr euch das vorstellts. Das wird schon werden, dranbleiben." Der Herr Professor war an sich ein sympathischer, freundlicher Herr, den niemand verdächtigt hätte, ein Sadist zu sein. Dann ist die erste Schularbeit gekommen und wir haben gespannt aufs „Zurückkriegen" gewartet. Die Zeit fürs Verbessern war die erste Bewährungsprobe für das noch unbefleckte Nervenkostüm von uns Unterstuflern. Galgenfrist: eine Woche.

Es hat Lehrer gegeben, die sind prinzipiell über die volle Distanz gegangen. Keine Chance, dass du die Schularbeit auch nur ein einziges Mal vor Ablauf der Wochenfrist zurückbekommen hast. Es hat aber auch Strebsäue gegeben unter den Lehrern, die schon am nächsten Tag mit dem Heftstapel unter der Achsel hereinspaziert sind. Die haben sich beim Tragen dann immer extra schief gemacht, um die Last ihrer Arbeit zu unterstreichen, und die Schularbeitshefte wie tonnenschweren Seelenballast auf den Schreibtisch gehievt. Und natürlich hat es auch im Lehrkörper die Fünferkandidaten gegeben, wo man oft nicht gewusst hat, ob sich der Professor überhaupt noch daran erinnern kann, dass wir eine Schularbeit geschrieben haben, wahrscheinlich verstaubt sie gerade in irgendeinem Eck im Konferenzzimmer. Die Wackelkandidaten unter den Schülern haben dann gleich angefangen zum spekulieren: Vielleicht tauchen ja die Heftln überhaupt nicht mehr auf und die Sommerferien sind gerettet. Leider haben sie sich meistens verspekuliert.

Die Galgenfrist war immer eine sehr intensive Zeit. Ungefähr so, wie wenn man mit dem Rauchen aufhört, in einen Apfel beißt und sich mit einem Mal die ganze kulinarische Schönheit dieser Obstsorte erschließt. Demgemäß hat dann auch das Wurstbrot in der Pause besser geschmeckt als je zuvor, die Vanillemilch war ein Packerl Nektar und Ambrosia, die graue Wolkensuppe ein himmlisches Gestade und selbst das größte Arschloch in der Klasse hat sich in einen liebenswerten Freund verwandelt. Im Geschichtsunterricht hat man plötzlich Mitleid empfunden, wenn sie in einer Doku den Hitler eingeblendet haben, das gebastelte Schachbrett im Werkunterricht war ein Kunstwerk für die Nachwelt und die Uhu- und Pattex-Kugeln haben geschmeckt wie Kaviar. Kurz vor dem Untergang ist die Welt halt doch am schönsten. Die Angst vorm Scheitern hat alles andere relativiert. Ich kann mich erinnern, wie ich auf meinem Platz gesessen bin, zum Fenster hinausgeschaut und dieser schönen Welt Adieu gesagt habe. Am nächsten Tag haben wir Latein zurückbekommen und ich war mir sicher, dass ich das nicht überstehen werde. Zumindest nicht ohne größere Schäden.

Rückblende:
Der Professor kommt mit den Schularbeiten zur Tür herein, publikumswirksam in Schweigen gehüllt.
„Setzen."
Er nimmt Platz, schlägt das Klassenbuch auf und beginnt mit den Eintragungen.

„Ist jemand krank?“
Nein.
Doch.
Wir alle. Krank vor Angst.
Würdevoll, wie er den Stift übers Papier führt – mit hochgezogenen Augenbrauen, aufrechter Haltung und der Gewissheit unumschränkter Macht. Genau so haben die Scharfrichter Exekutionsbefehle vollstreckt.
„So.“
Klassenbuch zu, Stoppel auf den Stift. Die schwere Hand am Heftstapel.
„Dann fangen wir einmal an.“
Der Professor greift zum ersten Heft. Super, gleich ein Einser! So kann kann's weitergehen. Theoretisch wär's ja möglich, dass wir alle einen Einser geschrieben haben, mit ein bisschen einem Massel haben auch die Wackelkandidaten einen guten Tag erwischt.
„So, das war's dann mit den Sehr gut.“
Der Schlüsselsatz. In dem Moment haben wir gewusst, dass hier eine perfide Methode zur Anwendung kommt, auf die uns niemand vorbereitet hat. Hier wird vor unseren Augen eine Leistungspyramide errichtet, und es wird ganz oben damit begonnen, an der Spitze. Kollektive Schweißausbrüche in allen Sitzreihen. Hoffentlich bin ich der Nächste. Nein, ich. Ein Gut ist auch nicht schlecht, zwar kein Sehr gut, aber immer noch besser als ein Befriedigend.
Es waren dann doppelt so viele Gut wie Sehr gut und ab dem ersten Befriedigend war die Klasse um drei Hassobjekte reicher. Da waren wir also, wir Restlichen, das breite Fundament der Leistungspyramide, wo man draufsteigt, um nach oben zu gelangen, der Bodensatz, wo die Skorpione nisten. Mit der Verlautbarung vom

ersten Genügend sind dann vielerorts die Dämme gebrochen, ein paar hat es komplett ausgehagelt, in rascher Abfolge haben sich Wutausbrüche mit Weinkrämpfen abgewechselt.

Anders die Schnürlsamt-Fraktion. Menschen vom Land, so sagt man, sollen grundehrliche Häute sein und unser Latein-Professor kann ein Lied davon singen. Er hat nämlich das Pech gehabt, dass er beim ersten Nicht genügend zufällig den Namen Krutzler Christoph ausgesprochen hat. Man könnte auch sagen, er hat sich da ein bisserl verkühlt. Besagter Krutzler war nämlich Insasse des Bischöflichen Knabenseminars und von daher notgedrungen jemand, der sich im Krisenfall nicht einschüchtern hat lassen. Außerdem ist er im Wirtshaus der Eltern groß geworden und hat in seiner Schultasche leere Dopplerflaschen herumgetragen. Ich glaube, was den Christoph damals gestört hat, war gar nicht so sehr die Tatsache, dass er einen Fünfer zurückbekommen hat – noch dazu den ersten Fünfer, und das ist ja immer die größte Schmach von allen – sondern vielmehr die Art, in der der Herr Professor seinen Namen ausgesprochen hat. Es dürfte ihm da eine Spur zu locker zugegangen sein, ein Eitzerl zu lässig – als wäre dem Professor gerade ein guter Witz eingefallen, den er jetzt aber nicht erzählen darf.

Ziemlich sicher bin ich mir jedenfalls, dass es bis dato weltweit das erste und einzige Mal war, dass in einem Schulgebäude jemand das Wort „Offmpuff" gebrüllt hat. „Wos is des do fia r'a Offmpuff!!!", hat sich also der Krutzler Christoph erkundigt beim Herrn Professor, der darauf auch keine Antwort gewusst hat.

Die ehrliche und einfache Frage nach dem Affenpuff hat die Leistungspyramide dann zum Einsturz gebracht. Es hat sich gezeigt, dass gute Noten nichts mit Zivilcourage zu tun haben; dass ein Nicht genügend in Latein in keinerlei Zusammenhang steht mit erstklassiger Wortwahl; und dass ein Seminarist aus dem Südburgenland beim Zurückgeben der Schularbeitshefte die denkbar schlechteste Wahl ist fürs erste Nicht genügend.

Gib da die hoate Sau!

„Wenns wieder deppert seids, gibt's ka Spoumfartl." Zugsführer Aigner, oder wie er bei uns geheißen hat: Erst-zwölf-Jahre-dabei-und-trotzdem-schon-Zugsführer Aigner, hat uns auf der Feldwoche nach allen Regeln der Kunst das Wilde heruntergeräumt. Die Kappe tief im Gesicht, den Schnauzbart buschig, Augen und Nasenlöcher verdeckt und zugewachsen. Zugsführer Aigner, ein Schleifer vor dem Herrn, gnadenlos und unerbittlich. Und statt Spanferkel hat er immer „Spoumfartl" gesagt. Eine ganz klare Angelegenheit: Zugsführer Aigner war ein hoata Hund. Begegnet man so einem hoatn Hund, sagt man: „Des is a hoata Hund!" Wobei man die Betonung auf „hoata" legt, weil Hund nicht automatisch auch hoat bedeutet. Zur Einschätzung hoata Hund gelangt man aber erst in der Retrospektive. Im Moment selbst, in der Hitze des Gefechts, schlägt man sich ja noch mit ihm herum, genau wie wir mit dem Zugsführer Aigner. Da hält man ihn z. B. noch für ein Kameradenschwein. Der hoate Hund beginnt also erst in der Rückschau zu leben, wo er als Akteur auftritt.

Das hoate Schwein hingegen ist von Anfang an ein Passivposten und Leidensfähigkeit seine Sache. Das hoate Schwein hat Nehmerqualitäten, es kann einstecken und gibt sich nicht so schnell geschlagen. Der Prototyp des hoaten Schweines: Sylvester Stallone in Rocky I und II – nicht in Rocky III, wo er der Adrian unter Tränen gesteht, dass er sich vorm Clubber Lang fürchtet. Oder

der Grauhaarige in den Batzbensa Filmen. Auch das hoate Schwein findet Anerkennung. Trifft man auf ein solches, heißt es: „Des is a hoates Schwein!“ Wobei hier aber die Betonung am „Schwein“ liegt, weil es ja vordergründig um die Leidensfähigkeit geht und diese eine schweinische Tugend ist.

Neulich fahre ich die Wedekindgasse hinunter und auf Höhe der Meidlhallen sehe ich ihn: Jeansgilet, kurze Ärmel, Kraftbänder an beiden Handgelenken. Bevor ich noch zu ihm aufschließen kann, schaut er schon über die Schulter in meine Richtung. Wie schlecht abgerichtete Dobermänner haften seine Augen an mir und verfolgen mich, bis ich langsam wieder aus seinem Blickfeld entschwinde … Sofort begeistert, sage ich zu meinem Beifahrer: „Gib da die hoate Sau!“ Eine hoate Sau, das ist noch einmal etwas anderes als ein hoater Hund oder ein hoates Schwein. Eine hoate Sau wirst du nicht aufgrund deiner Taten, hier sind Habitus und Attitüde gefragt. Eine hoate Sau schaut in Autos hinein und aus Autos heraus. Die hoate Sau sitzt nicht am Fahrersitz – sie hängt schief drinnen. Eine hoate Sau schlatzt ohne Grund, aber nur in kleinen Portionen, und mit jedem Schritt verteilt sie Kopfnüsse an unsichtbare Gegner. So ein Facettenreichtum wirkt magnetisch und euphorisiert weist man seine Freunde und Bekannten darauf hin: „Gib da die hoate Sau!“ Denn wer weiß, wann man wieder eine zu Gesicht bekommt …

Gscheid o'suachn

– Und deis do?
– Wos?
– Na wos isn deis?
– Wos sui deis seih?
– Na und deis?
– Wos is mit deim?!
– Wiasou issdn deis ned?
– Wos?
– Na deis do!
– Deis?
– Nau!
– Ah deis …
– Und deis dodan?
– Deis wül i nimma.
– Deis hauma hiaz weig, oda wos?
– …
– Na deis deaf hiaz owa ned woa seih …
– Wos?
– Na ned wos, du wiasd glei seng wos!

Partygirls

Am 30. Juni 1989 war es einem gewissen Jürgen beschieden, sich mit zwei Fetzen im Zeugnis vom Schuljahr zu verabschieden. Erwartungsgemäß hat es ihn wieder einmal in Deutsch und Mathe aufgestellt, was ihn aber zur Überraschung von Lehrern und Mitschülern nicht weiter gekümmert hat. Mit einem Lächeln auf den Lippen ist er aus der Klasse hinausspaziert, hat auf dem Weg zur Bushaltestelle noch ein paar Mal ins Schulgassl geschlatzt und im Autobus dann vor lauter Hirntschechern total darauf vergessen, das rote Knopferl zum drücken. Aber nicht einmal das hat ihn gestört, dass er aus dem Nachbarort heimspazieren hat müssen – obwohl das Zufußgehen im Speziellen und körperliche Betätigung ganz allgemein nicht so seine Sache war. Zuhause angekommen, hat er fröhlich pfeifend die Zimmertür hinter sich verschlossen, seine Essl-Schultasche aufgezwickt und aus dem Zwischenfach nervös ein Palmers-Sackerl mit einer 5.25er Floppy Disk herausgefingert, auf der in Schönschrift gestanden ist: Partygirls.

Ein paar Tage vorher ist der Jürgen noch am Schulhof gesehen worden, gemeinsam mit dem Zynagorac Robert. In einer dunklen Ecke sind sie eine auf Endlospapier gedruckte Liste durchgegangen, bevor der Jürgen im unteren Viertel sein Kreuzerl gesetzt hat. Dass die Tinte vom Kugelschreiber rot war, das wäre ihm nicht einmal aufgefallen, so aufgeregt ist er gewesen, und auch nicht, dass das Kreuzerl süßlert nach Erdbeeren gerochen hat.

„Was lachst jetzt so deppert“, hat er den Robert angeschnauzt, wie der auf einmal zum kudern angefangen hat.
„Na wennsd mit so an schwulen Kuli a Kreuzerl machst bei Partygirls!“
Ein paar Tage später ist auf dem Jürgen seinem Platz dann ein Palmers-Sackerl gelegen und der Robert hat ihm aus der letzten Reihe bedeutsam zugezwinkert.

Die morschen Rotzkugeln im Spannteppich haben unter den Rollen vom Schreibtischsessel geknistert wie ein Kaminfeuer, wenn es der Jürgen einem verpixelten Partygirl nach allen Regeln der Kunst besorgt hat. Die Jalousien waren herunten, das Licht gedimmt. Nur der Bildschirm vom Commodore hat gestrahlt.
Erstes Level: Missionar.
Zweites Level: Cowgirl.
„Was tut denn da gar a so“, hat sich die Mutter vom Jürgen gewundert, die in der Küche beim Kaffee gesessen ist und ein Zigaretterl gepofelt hat.
„Niiix, da Joystick“, ist es zurückgekommen.
„Spiel dich nicht so wüd, du Reißteifl – wenn der hin is, gibt’s kan neichn mehr!“

An besonders sonnigen Ferientagen hat seine Mama den Jürgen so lange buseriert, bis er maulend in seine Klettverschluss-Impala geschlüpft und an die frische Luft gegangen ist. Bewegungsscheu wie er nun einmal war, hat er sich aufs Rad gesetzt und die Gasse hinunterrollen lassen bis direkt vors Wirtshaus. Dort ist er hineingegangen und hat sich ohne zum grüßen vor die Eskimo-Karte gepflanzt wie ein hungriges Katzerl vor einen Kühlschrank voll Milch. Das Cola-Calippo, seine absolute Lieblingseissorte, hat der Jürgen dann gleich vorm Wirtshaus ausgezuzelt, wobei er der einzige Mensch überhaupt gewesen sein dürfte auf der ganzen Welt, dem es beim Ansaugen nicht die Augenlider in die Schädelhöhle zurückgezogen hat, so teilnahmslos ist der Jürgen sogar beim Eisessen gewesen. Fast hätte man glauben können, dass ihn das Cola-Calippo – bekanntermaßen die spektakulärste Eissorte in der Eskimo-Geschichte – kalt gelassen hätte. Und schwupp! Selbst dem lethargischen Jürgen ist immer ein bisserl etwas herausgeschwappt, was aber nichts ausgemacht hat, im Gegenteil: Der eisige Calipposaft hat die Entzündungen auf den Nägelbeißerstumpen angenehm heruntergekühlt und die Schwellungen gesenkt, sodass für kurze Zeit dem Jürgen seine Finger nicht mehr ausgeschaut haben wie menschliche Froschzechn.

Nach dem Wirtshaus ist der Jürgen nicht mehr gefahren, da war er konsequent. Die Gasse ist nämlich ordentlich bergauf gegangen und da hat es dann geheißen schieben. Wer dem Jürgen einmal beim Schieben zugeschaut hat, wäre am liebsten hergegangen und hätte gesagt: „Hörst, da hättest aber hinauffahren auch gleich können, so wie du schwitzt und keuchst!“ Hätte mir damals wer weismachen wollen, dass da ein Rad ganz von alleine daherrollt und den letscherten Jürgen hinten nachschleift, hätte ich gesagt: was sonst? Direkt vorm Jürgen seinem Elternhaus ist meistens ein Haufen alter Frauen auf einem Bankerl gesessen, die haben sich das live gegeben, wenn er sich die Gasse hinaufgeplagt hat. Vielleicht waren sie aber auch unsicher, ob sich da im Flimmern über der Straße überhaupt etwas bewegt oder ob es sich nur um eine optische Täuschung handelt.

„So kaasweiß wos der normal euwäu is – waunn a die Gossn auffakummt, hod der Bua direkt a gsunde Foab.“ „Owa keichn heast eam durchs zuagmochte Kuchlfenster, den Hodalump!“

In den großen Ferien 1989 hat der sonst so träge und lethargische Jürgen jedenfalls alle Rekorde bei Partygirls gebrochen. Er hat sich zum Rocco Siffredi des Joysticks gemausert, ein unbesungener Held weiblicher Eroberung, der nur mehr selten sein Zimmer verlassen hat und trotzdem immer zum Abschluss gekommen ist. Auch wie er dann schon erwachsen war, ist der Jürgen im Haus geblieben, da waren seine Eltern schon längst geschieden und ganz woanders. Die alten Frauen auf dem Bankerl sind mit der Zeit auch alle verschwunden, aber das Wirtshaus, das gibt's immer noch. Und mit ein bisserl einem Glück trifft man den Jürgen dort heute noch, wenn er zwischen zwei Runden Partygirls auf ein Cola-Calippo vorbeischaut.

Gespenster mit Fuchsschwanz
(Nachwort von Clemens Peck)

„Auf dem Land war es noch einmal etwas anderes, es hat ja hier alles mehr Platz gehabt, um seine Wirkung zu entfalten." Damit nimmt Thomas Hofer in seiner Sammlung autobiografischer Kurzgeschichten und Dialoge eine nicht unwesentliche Verortung, eine Überblähung jener Epoche vor, der seine Texte gewidmet sind: den 1980er- und frühen 1990er-Jahren im nördlichen Burgenland. Als Urszene einer dieser Wirkungen mit viel Platz lässt er zu Beginn ein W.A.S.P.-Graffiti auftreten, das den Brückenpfeiler einer Bezirkshauptstadt zierte. Der dabei wieder(ge)holte Klang – mit viel Pathos „Wwwaaasp!" gesprochen –, Vermutungen über die Urheberschaft des Graffitis und die Bedeutung der mit der Abkürzung bezeichneten Metal-Band öffnen das Tor zu einem famosen Erinnerungsbuch. Dieses Buch ist ein Kuriositätenkabinett; dabei werden die Dinge und Menschen, von denen Hofer erzählt, nicht schamlos ausgestellt, sondern mit der größten Zuneigung behandelt. Und wenn die Texte schamlos sind, dann sind es die Leser auch. Wir sitzen mit im Schulbus und beobachten „peckend" den sinnlosen Versuch eines armen Tölpels, der es nicht mehr rechtzeitig in den abfahrenden Bus geschafft hat und trotzdem nicht aufgibt.

Kuriositäten sind hier wie in den Wunderkammern der Barockzeit Dinge, über die gestaunt werden darf. Sie meinen nicht allein seltsame Erscheinungen; häufig sind es

Nahaufnahmen und Sensibilisierungen für Dinge und Handlungen von Menschen, die einen neuen Kosmos eröffnen, den man so nicht für möglich gehalten hätte. Dann ist es der Blick auf die Dinge, der das Betrachtete erst kurios macht. Kurios ist etwa das Gürteltier in der barocken Wunderkammer, weil es als „geharnischte Maus", d. h. als Maus in Rüstung, gehandelt wird. Ähnlich geht es in Thomas Hofers 80er-Jahre-Kuriositätenkabinett zu, wenn darin die alten Frauen aus der „Clique rund um meine Uroma" zu Hummeln werden, die es „von der Straße hereinweht". Hummeln sind „Schmied-Res, Schnöma, die Poschin", „weil sie im Vorraum gern ein paar Runden gedreht haben und auch überall angetuscht sind, bevor es sie dann zur Küchentür hereingewandelt hat": Diese Hummeln schwirren „kreuz und quer durchs Zimmer, in jeden freien Raum hinein", und brummen in Hummelsprache „Öha", „Jessasmaria" und „Herrschoftszeiten". Überhaupt brummen Hofers Miniaturen gewaltig und entpuppen sich als Audioarchiv, das diverse Stimmen, Dialekte und Sounds versammelt und (wieder) hörbar macht. Diese auch von einem einnehmenden mündlichen Erzählstil geprägten Texte – man tausche f gegen m, auch Hofer kommt von Homer! –, können wir beim Lesen hören: „Na is des a wos? / Owa wos waaß denn i?" Und mit dem Hören kommen die Gesichter, Gestalten und Situationen.

Kurios ist aber auch das Erinnerungsvermögen, das hier zur Anwendung gelangt. Staunend lassen wir uns „Erlebtes und Erlittenes", also nichts Erfundenes, mit Verve und Detailtreue aus der Perspektive eines Kindes bzw. Pubertierenden erzählen, die in der Souveränität, in der hier erinnert wird, schon verdächtig anmuten. Erinnerung und Autobiografie stehen in der Gegenwartsliteratur hoch im Kurs. Gerade die zwischen Boomer und Millenials eingespannte Altersgruppe – späte Generation X, geboren rund ums Todesjahr Elvis Presleys – neigt zur Sentimentalität, die sich tagtäglich in den sozialen Netzwerken (Kindheitsfotos oder andere Dinge aus vergangenen Zeiten, die sich vielleicht „echter" angefühlt haben) Bahn bricht. Vor der Schleife der falschen Authentizität schützen uns in Hofers Kuriositätenkabinett Witz und Komik, die an Größen der autobiografischen Satire wie Heinz Strunk erinnern. Der Schalk im Nacken ist der Impresario des burgenländischen Kuriositätenkabinetts, der wie im Schelmenroman gedoppelt auftritt – als wahrnehmende, vermeintlich naive Figur auf der einen Seite und als gewitzter Erzähler auf der anderen. So wohnen wir dem Treiben der Hummeln aus der Perspektive des unter dem Tisch der Oma versteckten Kindes bei, während der sich erinnernde Erzähler in philosophische Exkurse abschweift. Oder kunstvolle Verbindungen herstellt. Auf diese Weise gelangen wir von den mit Drei Wetter Taft malträtierten Kinderhaaren ins antike Pompeji, „wo mit Asche überzogene menschliche Überreste groteske Silhouetten formen".

Der Witz liegt nicht nur in der satirischen Erzählform und einer diebischen Lust an der Übertreibung, vielmehr ist er untrennbar mit dem, was erzählt wird, verbunden. So vermutet der autobiografische Erzähler anlässlich einer imaginierten Zeitreise: „Ein Zeitreisender aus den 80ern, wenn der heute in der Gegenwart landen würde, täte er wahrscheinlich sofort wieder in seine tiefergelegte Zeitmaschine hüpfen und abrauschen

Richtung Lebensfreude. Und wenn er bleiben würde, dann nur, um mit dem Fuchsschweif auf seiner Antenne ein bisschen anzugeben und uns mit ein paar Schweizerkrachern endgültig die Flausen auszutreiben." Dieser Zeitreisende lässt sich als Allegorie des Erinnerungsakts verstehen, der hier selbst als Schelm mit Fuchsschweif, als lustvolles Abenteuer auftritt. Wobei uns Hofers Sinn für Witz und Komik, die Erinnerung mit Fuchsschwanz, vor den „lustigen" Verniedlichungen vergangener materieller Kulturen bewahrt – Stichwort: Wickie, Slime und Paiper. So bringt die satirische Erinnerungsarbeit auch Groteskes, mitunter Monströses zum Vorschein, wie einen „Pensionisten im Körper eines Volksschülers" oder blutige Finger auf Waschbetonplatten. Man kann es sich in dieser Erinnerung nicht gemütlich machen: Hinter den Ecken des Vertrauten und Heimeligen warten Monster, beim Autodromfahren taucht der Iron-Maiden-Zombie auf. In ihrer Wiederholung, in der ungeheuren Präsenz von längst vergessenen Redeweisen und Szenen sind Hofers Texte ja selbst Heimsuchungen, Gespenster aus der Vergangenheit, die nicht nur mit dem Fuchsschwanz schelmisch in unsere Gegenwart winken, sondern im Fortgang der Lektüre auch eine ihnen eigentümliche Melancholie, das schleichende Gefühl eines existenziellen Verlusts offenbaren.

Im pannonischen Welttheater der kleinen Details, „die sich vor unser aller Augen abgespielt haben, ohne dass sich irgendwer gedacht hätte: ‚Das ist jetzt aber schon ein bisserl übertrieben'", geht es auch ernsthaft und sehr präzise zu. Minutiös werden dabei individuelle Auftrittsstile auf der Weltbühne Schule, Redeformen und Gerede rekonstruiert, mit einem stillen frühen Höhepunkt am Telefon. Durchdrungen sind die autobiografischen Miniaturen von einem nachgerade enzyklopädischen Anspruch inklusive Fußnotenapparat, ergänzt und erweitert durch eine tabellarische Übersicht über die drei wichtigen Entscheidungsspiele „Tip-Top", „Knofeln" und „Hahn oder Henne" samt Spielertypen und Entscheidungsfragen. Nicht nur entfaltet Hofer eine zoologische Aufschlüsselung von verschiedenen Typen und Klassen einer „hoaten Sau", er befasst sich auch mit den sozialen Wirkungen eben dieser: „Gib da die hoate Sau!" Auch als angewandtes Sprachlexikon mag dieses Büchlein dienen, das zwischen „Shit!", „Shit, Oida!", „shitten", „geh shitten", „scheinen", „geh scheinen" feine situative Unterschiede herausarbeitet.

Spätestens an dieser Stelle offenbart Hofers Erzählkunst, dass wir es nicht nur mit satirischer Erinnerungsliteratur zu tun haben, sondern – könnten wir in die Zeitmaschine steigen und zurückreisen in die 1980er Jahre – auch mit einem kleinen Handorakel (man muss ja nicht gleich nach Delphi pilgern, wie uns der Text eröffnet), einem Ratgeber für alle Lebenslagen. Und wer weiß, vielleicht ist „Shit, Oida!" auch ein gutes Handorakel für die krisengebeutelte Gegenwart, um den Fuchsschwanz im Alltag zu entdecken und im Narrensaum neue Wunderkammern zu bergen: „Gib da die hoate Sau!"

Coverfoto von Daniel Rojatz

Foto: privat

Daniel Rojatz arbeitet seit mehr als 20 Jahren im Bereich der visuellen Kommunikation und Werbung. Seine künstlerische Arbeit konzentriert sich im fotografischen Bereich auf abstrakte Kompositionen, hauptsächlich Fragmente von Fundstücken und alten Fotos, welche mittels Übermalung bearbeitet werden.

LESEN.
LIEBEN.
LERNEN.

Das burgenländische Verlagshaus edition lex liszt 12

Die edition lex liszt 12 positioniert sich in der österreichischen Verlagslandschaft mit Publikationen aus und über das Burgenland, dem Grenzraum und Zentraleuropa. Die sprachliche und kulturelle Vielfalt des Landes findet ihren Niederschlag nicht nur in der Literatur, sondern auch in Biografien sowie Sachbüchern zu wichtigen kultur-, gesellschaftspolitischen und sozialen Themen.

Schwerpunkte im Verlagsprogramm:

- Publikation von Literatur aus dem Burgenland
- Beiträge zur burgenländischen Zeitgeschichte
- Volksgruppe der Roma im Burgenland
- Geschichte der jüdischen Gemeinden im Burgenland

Autorinnen und Autoren sind:

- Literatinnen und Literaten aus dem Burgenland, in deren Prosa und Lyrik sich die Sprachenvielfalt widerspiegelt
- Publizisten, die sich struktur-, kultur- und gesellschaftspolitischen Themen des Burgenlandes widmen

Zum Verlagsprogramm der edition lex liszt 12 gehört ebenso die Einbeziehung bildender Künstlerinnen und Künstler. Einerseits werden sie eingeladen, Covers zu literarischen Texten zu gestalten, andererseits werden Bildbände und Porträts bildender Künstlerinnen und Künstler herausgegeben. Ausgewählte Hörbücher und CD-Produktionen ergänzen das umfassende Angebot des Verlagshauses, das bereits mehrfach ausgezeichnet wurde.

TE GENEL.
TE KAMEL.
TE SIKLOL.

OLVASNI.
SZERETNI.
TANULNI.

ČITATI.
LJUBITI.
UČITI.

edition lex liszt 12

Ebenfalls in der edition lex liszt 12 erschienen:

edition lex liszt 12 (Hg.)
Junge Literatur Burgenland
Anthologie-Reihe, Band 6
ISBN: 978-3-99016-234-7

Die Anthologie-Reihe Junge Literatur Burgenland, 2018 ins Leben gerufen, ist seitdem ein fester Bestandteil des burgenländischen Verlagshauses edition lex liszt 12. Sie rückt junge Talente in den Blickpunkt und versucht, ihnen einen Weg in die österreichische Literaturlandschaft zu öffnen beziehungsweise zu erleichtern. Eine Ausschreibung erfolgt jährlich.

Clara Heinrich, Thomas Hofer, Katharina Köller und Christoph Reicher sind die Autorinnen und Autoren von Junge Literatur Burgenland 2022 und beeindrucken mit poetischer Prosa, Dialektlyrik, einem komödiantischen Drama und unterhaltsamen Kurzgeschichten.